스탕달
연애론 에세이
Love

# 스탕달
## 연애론 에세이
# Love

초  판 1쇄 | 2004년  9월  1일 발행
개정판 3쇄 | 2011년 11월 15일 발행

지은이 | 스탕달
편역 | 이동진
펴낸곳 | 해누리
펴낸이 | 이동진
편집주간 | 조종순
마케팅 | 김진용

등록 | 1998년 9월 9일(제16-1732호)

주소 | 서울시 마포구 성산3동 239-1번지 성진빌딩
전화 | (02)335-0414 팩스 | (02)335-0416
E-mail | sunnyworld@henuri.com

ⓒ 해누리, 2009

ISBN 89-89039-72-X (03860)

**편역자 | 이동진**

서울대 법대를 졸업하고 외무고시에 합격하여 외교관이 되었다. 미국 하버드대 국제문제연구소의 연구원을 거쳐 국방대학원을 졸업하였다. 주이탈리아 참사관, 주일총영사, 주나이지리아 대사를 역임하였다. 〈현대문학〉으로 문단에 데뷔 한 후, 〈내 영혼의 노래〉 등 23권의 시집을 출간하였으며, 영문판 시집 〈Songs of My Soul〉는 독일 Peperkon사에서 출간하였다. 희곡집 《금관의 예수》《독신자 아파트》, 장편소설 《우리가 사랑하는 죄인》《외교관》, 번역서로는 《장미의 이름》《천로역정》《제2의 성서》《링컨의 일생》《명상록》 등 수십여 권이 있다. 가난하고 소외된 사람들을 무료로 치료하는 〈요셉의원〉을 돕는 잡지 〈착한 이웃〉을 발행하여 '한국가톨릭매스컴상' 〈제15회〉을 수상하였다.

스탕달
연애론 에세이
Love | 이동진 편역

해누리

# 차례

# 사랑이라는 이름의 광기

　나는 이 에세이에 '연애론'이라는 제목을 붙였다. 물론 이 책은 나의 생각을 관념적으로 서술해 놓은 것이기 때문에 소설이 아니며 소설 같은 드라마틱한 줄거리가 없다는 점을 미리 밝혀 둔다.

　관념이라는 철학적 용어를 써서 철학자들에게는 다소 미안하고 양해를 구하고 싶은 마음도 생긴다. 그러나 제목에서 보듯이 나는 이 글에서 철학이라는 학문을 표절하려는 의도는 전혀 없었다.

　다만 나는 사랑의 열병에 걸린 사람들의 온갖 섬세한 감정의 움직임을 면밀하게 탐색하는 한편, 우리 가슴을 멍들게 하는 바로 그 사랑이라는 열병의 치유법에 관한 결론을 얻어 보려고 노력했을 뿐이다.

　나는 인간의 감정을 논리적으로 표현하는 그리스어를 잘 모른다. 혹시 그 방면의 전문가들에게 부탁하면 몇 마디쯤 도움이 될 만한 말들을 주워들을 수는 있겠지만, 나는 이 책에서 이미 연애의 결정(結晶) 작용이라는 신조어를 만들어 내지 않을 수 없었다. 그런 신조어를 만든 것이 좀 외람되다는 것을 나는 잘 알고 있다.

　하지만 인간이 지상에서 누릴 수 있는 가장 큰 쾌락이 '사랑이라는 이름의 광기'라는 것은 아무도 부인할 수 없을 것이다. 연애의 결정작용이라는 말은 바로 그 사랑의 광기가 이루어지는 중요한 과정을 뜻하는 것이다.

만일 내가 결정작용이라는 말 대신 좀더 완곡한 다른 말을 썼더라면 사랑이라는 복잡 미묘한 감정을 서술하려는 나의 시도는 틀림없이 실패했을 것이다. 하물며 이 에세이를 읽는 독자들이 어떻게 내 말을 이해할 수 있단 말인가.

그러므로 내 책에 나오는 '연애의 결정작용'이라는 말에 거부감을 느끼는 독자들은 될수록 빨리 이 책을 내던지는 편이 좋다. 물론 나도 가능하면 사람들이 이 책을 읽지 않기를 바라는 마음이 간절하다. 나는 단지 나와 한 번도 만난 적이 없는 파리 시민 가운데 30~40명 정도라도 이 책을 읽고 공감해 준다면 크게 만족할 것이다.

특히 아버지의 눈을 피해 몰래 책을 감추어 두고 읽고 있을지도 모를, 파리에 사는 어느 젊은 롤랑 부인 같은 사람이 이 책을 읽었으면 싶다. 그런 여자라면, 사랑하는 사람에게 거의 광기에 가까운 찬사를 서슴지 않는 사람들의 심정을 표현하기 위해 사용한 '연애의 결정작용'이라는 말을 잘 이해해 줄 것이고, 이 글에서 대담하게 생략한 부분에 대해서도 이해가 깊을 것이라고 믿는다.

1957년 '가르니에' 판<br>
서문 중에서

# 스탕달의 생애와 작품

스탕달은 1783년 프랑스의 그르노블에서 태어났다. 본명은 앙리 베일(Henri Beyle)이다. 그는 170여 개의 필명을 사용했는데, 스탕달이라는 필명은 1817년에 쓴 『로마, 나폴리, 피렌체』라는 작품에서 처음 등장한다.

스탕달은 독일의 저명한 미술평론가 J. J. 빙켈만의 고향인 프러시아의 한 작은 마을의 명칭이다. 아버지는 고등법원의 변호

제복을 입은 스탕달

사로 돈과 체면과 가문의 명예만을 중요시하는 보수주의자였다. 그는 어린 외아들 스탕달에게 세심하고 엄격한 교육을 시켰으므로 어려서부터 반항아적 기질이 강했던 스탕달에게는 참을 수 없는 압박이었다.

따라서 어린 스탕달은 어머니를 무척 사랑했고, 아버지를 증오하며 자랐으며, 특히 7세 때 사랑하는 어머

니가 세상을 떠나자 감옥 같은 가정에서 불행한 소년 시절을 보냈다고 고백했다.

어머니가 돌아가신 후 이모 세라피가 스탕달을 키웠다. 그러나 스탕달은 그녀를 평생 미워했다. 한번은 발코니에서 화분의 흙을 파다가 칼을 떨어뜨린 적이 있었는데 세라피는 스탕달이 지나가던 노파를 죽이려 했다고 몰아붙였고, 그 일이 스탕달에게는 큰 상처로 남았다. 게다가 스탕달은 자신을 엄격하게 교육시켰던 예수회 신부이자 가정교사였던 라이야느도 매우 싫어했다.

다행히 스탕달의 외조부는 그 지방 최고의 시인이었으며 자유주의 사상을 지닌 분이었다. 또한 외조부의 누이 엘리자베스는 로맨틱한 이상주의자였으며, 외삼촌은 쾌락주의자였다. 그리하여 스탕달은 엄격한 가정에서 자라면서도, 엘리자베스에게서 권위와 압제에 대한 반항심을, 외할아버지에게서 합리주의 사상을, 돈 후안 같은 외삼촌에게서 쾌락주의적 인생관을 배울 수 있었다.

스탕달의 생가

그런 영향 탓인지 스탕달은 일찍부터 반항 정신과 반종교 사상이 강했다. 스탕달은 루이 16세가 처형된 후 혁명 정부가 1796년 고향에 설립한 에콜 상트랄에 입학, 18세기 실용주의적 교육을 받은 것이 그의 장래에 큰 영향을 미쳤다.

그는 특히 수학을 좋아하고 수학에 뛰어난 재능을 보였는데, 위선적인 것을 싫어했던 성격의 일면을 나타내고 있다. 1799년, 17세의 나이에 상급학교인 이공대학에 진학하기 위해 파리로 진출한 그는 엉뚱하게도 몰리에르와 같은 극작가가 되겠다며 진학시험을 포기하고 연극 관람과 극작 습작에 몰두하기 시작한다.

1800년 나폴레옹 군대의 소위로 입대한 그는 이탈리아 원정에 참여한다. 이곳에서 그는 자유와 사랑, 미와 음악을 알게 되고, 이때부터 이탈리아는 그의 마음의 고향이 된다.

1802년 다시 파리로 돌아온 그는 이후 수년간 극작가가 되기 위해 문학 수업에 정진한다. 부단한 노력에도 불구하고 작품을 한 편도 발표하지 못했지만 훗날 그가 소설을 쓰는 데 바탕이 된 기간이었다.

그는 22세에 여배우 멜라니 길베르와 사랑에 빠져 동거하면서 수입 식료품상의 점원 생활을 하기도 했다. 27세에는 나폴레옹 제정의 참사원 서기관으로 일했고, 29세에는 나폴레옹의 모스크바 원정에 참여한다.

31세에 나폴레옹이 몰락하자 그는 이탈리아 밀라노로 이주해 본격적인 작가 생활을 했다. 『하이든·모차르트·메타스타시오 전기』(1815년)를 시작으로, 『이탈리아 회화사』(1817년) 『로

「적과 흑」의 원고. 그르노블 스탕달 박물관 소장

마·나폴리·피렌체』(1817년) 등을 잇달아 썼다.

또한 마음의 고향인 이곳에서 그는 오페라와 미술 감상, 독서, 사교 등을 즐기며 행복한 나날을 보낸다. 그리고 이곳에서 그가 열렬히 사랑했던 밀라노 장군의 아내 마틸드 뎀보스키를 만나 20년에 걸쳐 연애와 실연을 반복한다.

1821년, 그때까지의 집필 활동과 비밀 결사대 가담 혐의로 밀라노에서 축출당한다. 이듬해 마틸드와의 이루지 못한 사랑에 절망하며 프랑스로 돌아온 그는 실의에 빠져 지내며 일정한 직업 없이 영국과 프랑스 잡지에 서평, 시사평론, 미술평론 등을 기고했다. 이 시기에 『라신과 셰익스피어』『로시니 전기』『로마산책』 등을 썼는데, 소설로서는 『아르망스』(1827)가 최초의 작품이다. 성불구자를 주인공으로 특이한 주제를 다루었지만 그다지 주목을 받지는 못했다.

1830년, 7월 혁명 이후 그는 트리에스테 주재 프랑스 영사가 된다. 그리고 그의 대표작인 『적과 흑』을 발표하지만, 그 당시에 호평을 받지는 못했다. 이후 로마 근교 치비타 베키아 주재 영사로서 로마를 오가며 지냈고, 파리에서 휴가를 보내는 생활을 반복하였다. 그 당시에 『이기주의의 회상』『앙리 브륄라르의 생애』 미완성의 장편소설 『뤼시앙 루앙』『라미엘』을 썼고, '이탈리아 연대기' 라 불리는 『카스트로의 수녀』 등의 중·단편을 모은 『어느 여행자의 수기』(1838)를 발표했다. 특히 『파르마의 수도원』(1839)은 '이탈리아 연대기' 를 매듭짓는 걸작이 되었다.

그의 대표작 『적과 흑』『파르마의 수도원』은 비슷하면서도 극히 대조되는 작품이다. 『적과 흑』은 개인의 극적 운명을 묘사한 작품이지만 『파르마의 수도원』은 서사적인 작품이다. 1841년, 58세인 그는 뇌졸중으로 병세가 악화돼 프랑스로 귀국했으며 이 듬해 3월 22일 파리의 한 호텔에서 심장마비로 세상을 떠나고 만다. 파리의 몽마르트르 공동묘지에 있는 그의 무덤의 비석에는 그가 생전에 작성한 이탈리아어 묘비명 "Arrigo Beyle, Milanese"(밀라노 사람, 아리고 베일)이 새겨져 있다.

스탕달은 군인으로서 나폴레옹을 섬겼고, 외교관으로서 루이 필립 왕정에 봉사했지만 평생토록 반권력주의자로 살았다. 그는 프랑스 혁명을 지지하였고, 그가 섬기던 나폴레옹의 독재에 반대했다. 그는 1813년부터 1825년까지 영국의 잡지에 글을 기고하면서 당시 파리의 정치 기구나 사회 구조, 자유주의 탄압 정책을 비판하는 글을 발표했다.

그는 또한 자유주의자였다. 어느 당파에도 속하지 않고 어느 계급의 이익도 대변하지 않았기 때문에 어느 정권도 비판할 수 있었다. 그는 진보를 추구하는 자유주의 사상가이자 시대의 흐름을 정확하게 읽을 줄 아는 역사 감각 또한 갖추고 있었다. 그는 사회 현상에 강한 호기심을 보였고 그 원인을 알고자 노력했다.

파리 몽마르트르에 있는 스탕달 묘지

스탕달에게는 연애가 인생 최대의 관심사였다. 사랑의 행복 없이는 명예, 재산, 쾌락도 아무 소용 없다고 생각했다. 그가 경험한 연애 가운데 가장 강렬했던 것은 1818년 밀라노 사교계에서 만난 마틸드와의 연애였다. 스탕달은 그녀에게 헌신적인 사랑을 바쳤다.

마틸드가 스탕달을 사랑했는지는 불확실하다. 스탕달 연구가들의 견해를 보면 대체로 부정적이지만, 스탕달은 그녀를 평생 동안 사랑했고, 이 사랑을 이룰 수 없게 되자 그의 가슴속에 점점 더 이상화되어, 결국『연애론』을 쓰게 된다.

그의 명작『연애론』은 그가 정열을 다 쏟아 부었으나 이룰 수 없었던 비극적인 연애를 하면서 생각이 날 때마다 두서없이 쓴 단편들을 모은 것이다.

스탕달은 이 책에서 연애에 대한 어떤 특정한 결론을 이끌어 내려고 하지 않았다. 그 때문에 오히려 남녀 모두에게 공감을 얻을 수 있었다. 특히 그가 제2부에서 이혼의 자유, 여성 교육의 중요성, 여성 해방 등 여성의 사회적 지위에 관해 펼친 견해는 시대를 앞서가는 모습을 보여 주고 있다.

『연애론』에서 다루고 있는 사랑은 정신주의적 플라토닉 러브의 색채가 강한 것으로 평가되고 있으며, 스탕달이 대부분의 소설에서 보여 주고 있는 숭고하고 기사도적인 사랑이 바탕을 이룬다고 말할 수 있다.

따라서 스탕달의 『연애론』은 물질문명이 고도로 발달한 오늘날, 육체적 쾌락에만 탐닉하려는 현대인의 사랑의 생리에 깊은 지혜를 제시하는 작품이 아닐 수 없다.

― 편집자

# 제1부
# 연애 심리학 개론

# 연애의 네 가지 방식
## 저 사람을 어떻게 사로잡을까?

첫번째는 정열적 연애이다. 이런 연애는 소설 『포르투갈 수녀의 사랑』 『프랑스 대위의 사랑』, 혹은 중세기 수도원 신부와 수녀의 사랑을 그린 『아벨라르와 엘로이즈』를 예로 들 수 있다. 이런 종류의 연애는 자신의 정열을 상대방을 향해 쏟아내는 데 큰 의미를 둔다.

이런 종류의 연애에 빠지는 사람은 자신이 상대방을 왜 좋아하는지도 잘 모르거나, 알더라도 별로 중요하게 여기기 않는다. 단지 자신의 폭발적인 열정을 상대방에게 마구 연소하는 데만 집중한다.

두 번째는 취미적 연애이다. 1760년대 프랑스 파리에서는 이런 종류의 연애가 크게 유행했다. 당시의 회상록이나 소설 『샹포르』 『데피네 부인』 등을 보면 취미적 연애가 잘 표현되어 있다. 취미적 연애는 화폭에 흑백 그림자 한 가닥조차 허용이 안 될 만큼 화려한 장밋빛 컬러로 가득 찬 그림이 되어야 하고, 불쾌한 것은 조금도 끼어들어서는 안 된다고 생각한다.

이런 종류의 연애를 선호하는 사람들은 연애 중에 발생하는 갖가지 사태에 대처할 방법을 미리 잘 터득하고 있다. 이런 연애에는 정열의 과다로 인한 예기치 못한 사태가 발생하는 일이 전혀 없으므로 때로는 진정한 사랑보다 섬세하고 세련되어 보이기도 한다.

이런 연애에 익숙한 남자들은 여자를 다루는 데 치밀하고 예측이 불가능한 일은 전혀 하지 않으며, 연애 중에는 어떤 이유로도 불쾌한 감정을 허용하지 않는다. 취미란 불쾌해서는 계속할수가 없는 선택적인 것이기 때문이다.

하지만 이런 식의 빈약한 연애는 허영심을 빼면 남는 것은 빈 껍데기뿐, 나중에는 걷기도 힘든 회복기의 환자와 다를 바 없는 상태가 되고 만다.

세 번째는 육체적 연애이다. 파리에 사는 한 귀족이 숲으로 사냥을 갔다가 뜻밖에도 묘령의 참신한 시골 아가씨를 발견할 때

느끼는 도발적이고 은밀한 쾌락에 근거를 둔 연애를 말한다. 아무리 감수성이 둔한 사람이라도 16세가 되면 느끼기 시작하는 본능에 충실한 쾌락 연애를 말한다.

네 번째는 허영적 연애이다. 프랑스 젊은이들이라면 사치를 위해 좋은 말 한 마리를 갖고 싶어한다. 바로 그런 기분으로 사교계의 인기 있는 여자를 손에 넣고 싶어하는 것이다. 이런 연애는 육체적인 관계는 그리 중요하게 여기지 않는 경우도 있다.

이런 연애는 상대방에게 배반을 당하는 경우에는 너무 자존심이 상하고 우울해서 죽고 싶어진다. 자신에게 매우 소중한 허영심에 상처를 받았기  때문이다.

사람은 어떤 종류의 연애에 빠져 있거나 일정한 수준에 이르면 기쁨이 커지면서 더욱 매달리게 된다. 그래서 사랑의 열정은 다른 열정과는 달리 미래에 거는 기대와 가치가 무엇보다도 크다.

육체적인 쾌락은 본능적인 것이기 때문에 누구나 잘 알고 있을 것이다. 하지만 애정이 깊고 정열적인 사람은 육체적인 연애의 가치를 최우선으로 삼지 않는다. 이성을 육체적 쾌락의 대상으로만 여기지 않는다는 뜻이다. 그래서 그런 사람은 연애를 할 때 가끔 상대방 때문에 어려움을 겪는 경우도 있지만, 그 대신 허영심의 만족이나 돈이 아니면 움직이지 않는 사람들이 모르는 기쁨을 잘 알고 있다.

정숙하고 애정이 깊은 여자들 가운데 육체적 쾌락에 빠져 본 적이 없는 여자들은 의외로 정열적 연애에 열광하는 경우가 많다. 그런 여자들은 설사 육체적 쾌락에 빠졌더라도 정열적인 사랑의 황홀감을 더욱 선호하기 때문에 육체적인 쾌락마저 잊는 경우도 있다.

일부 남자들 중에는 자기에게 쾌락을 주는 상대방 여자에게서 가학적인 만족을 얻으려는 경향도 엿보인다. 남자들 중에는 연애보다 자존심을 더 중요하게 여기는 경우도 있다. 그런 남자들은 여자의 사랑을 얻기 위해 자존심을 굽히지 않는다. 사랑보다는 자존심을 선택한다는 뜻이다.

예를 들어 로마의 폭군 네로 황제는 늘 자기 중심으로 타인을 판단했다. 네로는 자기 자존심이 최대한으로 만족하지 않으면 연애에서 육체적인 쾌락도 맛보지 못했다. 상대방 여자에게 잔인한 짓을 해야만 겨우 만족할 수 있을 정도였다.

사드 백작의 소설에 나오는 쥐스틴의 무서운 잔혹성도 여기에 해당된다. 그런 남자들은 연애를 통해 마음의 안정감을 얻지 못한다.

위의 네 가지 연애 방식은 좀더 세밀하게 들어가면 8가지로도 분류할 수 있다. 물론 사람의 감정은 섬세해서 느끼는 방법도 다양하지만, 내가 지금부터 쓰려고 하는 연애 단계를 비슷하게 밟아 갈 것이다. 이 세상의 모든 연애는 똑같은 법칙에 따라 발생, 지속, 소멸하고, 경우에 따라서는 영원한 사랑이 된다.

# 연애의 초기 단계
### 정말 키스하고 싶다

첫 단계는 상대방에 대한 매력에 감탄이 터진다. 상대방 이성에게 마음이 확 끌리면서 자신도 모르게 '아아! 저 사람을 껴안아 보고 키스할 수 있으면 얼마나 좋을까' 하는 상상에 빠지게 되는 순간 우리는 사랑의 포로가 된다. 그 느낌은 연애의 중요한 단서가 된다.

두 번째 단계는 가까이 다가가고 싶어한다. 접근 충동이다. 그래서 일단 그 사람의 눈에 자주 띄고 가까워지려 하고, 어떤 방식으로든 상대를 만날 수 있는 기회를 포착하기 위해 애쓰게 된다. 자신의 정해진 일정을 바꾸거나 계획을 뒤로 미루거나 중요한 약속을 포기하면서라도 그 사람과 만날 기회를 포착한다.

세 번째는 희망의 단계로 들어간다. 상대방의 아름다움과 매력 포인트가 머릿속에 꽉 차 있다. 언제 어디서 어떻게 만나야겠다는 마음이 정해지면 이미 사랑이 시작된 것 같은 희망이 부풀어 오른다.

그 순간 상대를 우연히 만나게 되면 가슴이 콩당콩당 뛴다. 가슴이 뛰는 순간이 되면 이미 우리는 세 번째 단계에 들어선 것이다. 이때 상대방을 여러 각도로 재 보고 미래를 함께할 수 있을

지 의심해 보기도 하지만, 그런 판단보다는 미래의 어느 날 함께 있는 아름다운 장면들을 상상하는 힘이 더 강하다. 또한 사랑을 나누고 싶은 열망이 한순간도 머리에서 떠나지 않는다. 그런 꿈꾸는 상황이 밤낮없이 지속된다.

네 번째는 사랑이 본격적으로 시작되는 단계에 이른다. 밤에는 잠을 못 자고 밥도 안 먹게 되는 사랑의 열병을 앓는 단계이다. 그 사람에 대한 갈망이 너무 뜨겁다. 그로 인해 정상적인 일상생활에 지장을 받게 되고 수많은 시간을 허비한다. 특히 이 단계에 이른 여자는 눈에 띄게 외모가 아름다워진다.

"예뻐진 걸 보니 연애하는 모양이구나!"

여자가 주변 사람에게 그런 말을 듣는 시기도 바로 이때이다. 평소에 결백증이 있고 얌전하던 여자가 남자에게 육체관계를 쉽게 허락하며 모든 면에서 남자에게 집착하게 되는 경우도 이때이다.

# 연애의 몰두 단계
## 넌 이제 내 거야

다섯 번째는 제1의 결정작용 단계이다. 잘츠부르크의 암염 채굴장에 겨울이 되어 잎이 떨어진 앙상한 나뭇가지를 넣어 두었다가 몇 개월 뒤 꺼내 보면 소금 결정으로 뒤덮여 다이아몬드처럼 빛난다. 원래의 초라한 모습은 온데간데없다.

이처럼 자신의 연애 상대를 극도로 미화하는 때가 이때이다. 자기 애인이 이 세상에서 가장 멋지게 보이고, 자기는 그를 위해 이 세상에 태어났다는 운명적인 착각에 빠지며, 가족이나 친구의 귀중한 충고도 귀에 들리지 않는다.

연애 상대는 결국 하늘에서 내려왔으며 정체는 알 수 없지만 틀림없이 자신을 위한 숭고하고 운명적인 기쁨의 선물이라고 해석하게 된다. '나에게도 이런 축복의 시간이 예약되어 있었구나.' 하고 충만한 기쁨에 젖는다.

내가 여기서 결정작용이라고 말하는 것은 사랑하는 사람에게서 계속해서 새로운 아름다움을 발견해 내는 정신 작용을 말한다.

이런 상태에 빠져 있는 여자는 곁에 있는 누군가가 무더운 여름날 거닐었던 제노바 해안가의 신선한 오렌지 숲 얘기를 꺼내면 즉각 '아아! 그이와 함께 그곳에 가면 얼마나 좋을까' 하는 생각이 떠오른다. 만일 친구가 사냥 중에 발이 삐어 연인의 간호를 받는 모습을 본 남자라면, '나도 그녀의 간호를 받으면 얼마나 좋을까' 하고 생각한다.

　바로 그것이다. 자신이 보는 것, 먹는 것, 가는 곳마다 연인과 함께하고 싶은 마음이 들 때 당신은 이미 다섯 번째 결정작용의 단계에 와 있는 셈이라고 보면 된다.

　내가 여기서 결정작용이라는 이름을 붙인 현상은 인간의 쾌락의 본성에서 나온 것이다. 바로 그 쾌락에서 상대방에게서 아름다움을 발견해 내는 본성이 나온 것이며, 상대방을 내 것으로 소유하고 싶은 감정이 태어나는 것이다. 원시 시대의 야만인들은 사슴을 쫓고 요리하는 데만 두뇌를 썼지만, 문명 시대의 인간들은 이성에 대한 사랑과 쾌락에 두뇌를 쓴다. 이것이 원시인과 문명인의 가장 큰 차이인 것이다.

# 의혹의 단계
## 꽤 자신만만하시군요

여섯 번째는 의혹의 단계에 이른다. 연애가 무르익어 가면서 서로에게 익숙해지면 흥미가 약간 반감되면서 열정도 전보다 약간 식지만, 의혹의 단계라고 해서 연애 감정이 중단된 것은 아니다.

전보다 열정이 식은 듯한 남자를 보며 여자는 혹시 마음이 변한 것은 아닐까 하는 두려움을 갖게 된다. 그리고 다른 이성과 함께 있는 애인을 보면 질투에 휩싸이기도 한다. 여자가 질투심을 느끼는 것은 바로 이 단계이다.

남자는 여자가 자기에게 잠깐 동안 눈길을 주었는데도 오랫동안 자신에게 관심을 준 것처럼 착각하는 일련의 증세를 겪는다.

그런데 여자가 좀더 친절하고 다감하게 대해 주면 남자는 희망의 단계를 뛰어넘어 의혹의 단계로 직접 들어가면서 여자에게 확실한 사랑의 보증을 받고 싶어하기도 한다. 여자는 약간의 호의를 베풀었는데도 남자는 감정을 확대시켜 기대감에 부풀어 좀더 행복해지려고 당당하게 나온다.

그렇게 남자가 자신감을 갖고 나오면 여자는 처음에는 무관심한 척 대하고, 그 다음은 냉담하게, 그리고 마침내 화를 내며 반발한다. 이럴 때 프랑스에서는 여자가 남자에게 "꽤 자신만만하시군요."라고 비꼬기도 한다.

여자가 그런 말을 하는 것은 일시적인 도취에서 깨어나 부끄럽고 도리에 어긋난 말을 하지 않을까 걱정이 되어 애교로 한 말일 수도 있다. 그런 말을 들으면 남자는 '그게 아니었나?' 하는 마음이 들면서 기대했던 행복감에 의심을 품는다.

남자는 상대 여자의 겉모습과 속마음이 다르다고 느끼고 겉으로 드러난 행복에 대해 좀더 엄격해진다. 그래서 때로는 딴생각도 해보지만 그 여자 말고는 다른 기쁨과 쾌락은 찾지 못한다. 남자는 연애를 하는 동안 공포감을 느끼면서 동시에 깊은 주의력도 갖는다.

# 결정작용의 단계
## 나만 헛물켠 건 아닐까?

일곱 번째 단계에서 두 번째 결정작용이 생긴다. 남자는 '그녀가 나를 사랑하고 있다'는 것을 확신하고 싶어 여러 결정작용을 만든다. 이 단계에서 남자는 그 여자가 나를 사랑한다는 증거를 찾기 위해 머릿속이 복잡해진다.

'그래, 나를 바라보는 눈이 심상치 않았어!' 라든가 '나한테 날씨가 좋다고 말을 건넨 것은 분명 다른 뜻이 있었던 거야.' 하고 여자가 대수롭지 않게 걸어 준 말조차 자신을 사랑하기 때문이라는 확신을 만들기에 바쁘다.

온갖 의혹으로 뒤엉켜 잠 못 이루는 밤이 계속되면서 스스로 만들어 낸 행복과 불행이 수없이 교차되는 순간에도 남자는 15분마다 스스로 다짐한다. '그래, 그 여자는 날 사랑하고 있어.' 그 같은 결정작용은 여자에게서 끝없이 새로운 매력을 발견해 내는 놀라운 능력을 발휘한다. 그런 한편 날카로운 의혹의 칼날이 사정없이 기습하기도 한다.

'나만 헛물켜는 건 아닐까?'

그런 고통과 기쁨이 교차되면서 세 가지 생각 사이를 헤맨다.

첫째, 그 여자는 너무 아름답고 마음에 든다.

둘째, 그 여자는 나를 틀림없이 사랑한다.

셋째, 어떻게 하면 그 여자가 나를 사랑하고 있다는 증거를 찾을 수 있을까?

남자가 연애 중에 가장 비참한 순간은 자기가 그릇된 판단을 내렸다는 것을 깨닫고, 자신이 만든 결정작용을 포기해야 할 때이다. 그 이후부터 남자는 자신이 만든 결정작용에 대한 의심을 시작한다.

이렇게 제2의 결정작용 단계의 갈등과 오해를 겪고 난 두 사람은 서로를 더 잘 이해하고 더 깊이 사랑하는 단계로 접어든다. 사랑이 안정되고 편안한 완성의 단계로 접어들게 되는 것이다. 그때의 결정작용은 첫 번째보다 강력해서 두 사람 사이에 견고한 믿음을 만든다.

# 연인이 되기까지
## 절대 포기하지 말아요

연애의 일곱 단계가 진행되는 데 걸리는 시간을 검토해 보자.

하나. 상대방 이성을 보고 감탄한다.
둘.　키스하면 얼마나 좋을까.
셋.　사랑에 대한 희망을 갖는다.
넷.　사랑이 탄생한다.
다섯. 첫 번째 결정작용이 생긴다.
여섯. 의혹이 생긴다.
일곱. 두 번째 결정작용이 생긴다.

여자의 경우는 첫 번째 단계에서 두 번째 단계로 진행하는 데 1년이 걸리는 경우도 있다. 상대에게 매력을 느끼면서도 접촉에 대한 욕망은 그렇게 강하지 않은 여자도 있는 것이다.

두 번째 단계에서 세 번째 단계까지는 한 달쯤 걸린다. 반드시 그런 것은 아니지만 감탄한 이성과의 접촉 욕망이 사랑에 대한 희망으로 바뀌는 데 걸리는 대략적인 시간이다. 만일 사랑의 희망이 나타나지 않으면 두 번째 접촉 욕망을 단념하게 된다.

그러나 세 번째 단계와 네 번째 단계는 거의 순식간에 이루어 진다. 사랑에 대한 희망을 품는 순간 사랑이 탄생하는 것이다. 네 번째와 다섯 번째 단계 역시 그렇다. 그 사이에 들어갈 수 있는 것은 오직 친화력뿐이다. 다섯 번째와 여섯 번째 단계는 성격과 열정의 정도, 혹은 그 사람이 속한 사회의 관습에 따라 진행되는 시간이 다를 수 있다. 그러나 여섯 번째 단계와 일곱 번째 단계는 거의 동시에 일어난다.

# 사랑받기 위한 조건
## 곰보라도 좋습니다

남자는 상대 여자에게 지극히 사소한 매력 하나만 느껴도 연애를 쉽게 시작할 수 있다. 머리가 나쁘지만 얼굴이 예쁘다는 이유 하나만으로도, 혹은 몸매가 잘빠졌다는 이유 하나만으로도 연애를 시작할 수 있다. 또한 첫사랑의 여자와 닮았다는 이유나 패션 감각이 뛰어나다는 이유, 아니면 고독해 보인다는 이유 하나만으로도 사랑을 시작할 수 있을 만큼 단순하다.

혹시 사랑할 수 있는 희망과 가능성이 사라졌다 해도 이미 사랑이 싹튼 이상 어쩔 수 없다는 게 남자의 속성이다. 남자들은 한 여자에 대한 연민의 감정이 싹튼 후에는 마음의 변화가 별로 없다. 특히 단호하고 대담한 성격의 남자일수록 가능성이 적어도 사랑을 시작할 수 있고 쉽게 포기하거나 단념하지 않는다.

성격이 다정다감하고 사려 깊은 남자가 과거에 한 여자와 연애에 실패한 뒤 새로 만난 여자에게 빠지게 되면 눈에 뵈는 것이 없어진다. 다른 여자는 안중에도 없고, 오직 새로 만난 여자와의 사랑이 이루어지기만을 꿈꾸게 된다. 지난 연애의 실패를 새로 만난 여자에게서 보상받으려는 처절한 노력도 함께 이루어지기 때문이다.

따라서 여자는 연애에 실패한 경험이 있는 남자를 선택하면 손쉽게 그 남자를 낚아챌 수가 있다. 그러나 이런 남자와의 관계가 힘들고 부담스럽게 느껴지면 재빨리 손을 털고, 남자가 더 이상 희망을 갖지 않게 하는 것이 상책이다.

어떤 남자의 경우는 연애가 본격적으로 시작되는 데 다른 남자보다 시간이 오래 걸리고 더딘 경우도 있다. 냉정하고 끈질긴 성격이나 나이가 지긋한 남자가 이 경우에 해당된다. 제2의 결정작용이 있기까지 사랑받느냐 아니면 죽어 버리느냐의 기로에서 괴로워했을 정도라면 그는 절대 사랑을 포기하지 못한다. 그러나 여자가 몸을 쉽게 허락하는 경우에는 제2의 결정작용은 거의 일어나지 않는다.

사랑에 빠져 있는 남자는 사랑하는 여자에게서 "전에 사귀던 남자는 제 눈빛에 반했어요."와 같은 말을 들어도 그것 또한 다른 결정작용이 되어 한밤중에도 잠을 못 이루고 그와 관련된 몽상에 잠긴다.

# 순진한 여자와 연애하는 법
## 저는 형광등이에요

평소에 남자를 만날 기회가 없었거나, 남자에 대해 깊이 생각해 보지 않은 순진한 여자들은 남자와의 아주 사소한 사건에도 크게 놀라고 감탄하며, 평범하게 지나칠 수 있는 사건에서도 사랑의 감정이 크게 싹튼다.

그런 여자들은 남자와의 사랑을 아주 재미있고 매력 있는 일로 여긴다. 16세 소녀가 첫사랑을 갈망하는 이치와 같다고 할 수 있다. 그 시기의 여자들은 사랑의 음료수에 대한 취향이 까다롭지 않다. 남자에 대한 취향이 단순하다는 뜻이다.

그런 여자들은 첫 번째 '감탄과 매력의 단계'에서 두 번째 '접근하고 싶은 단계'로 가는 데 1년이 걸리는 경우도 있다. 발동이 아주 늦게 걸린다는 얘기다. 두 번째 단계에서 세 번째 '희망의 단계'로 가는 데는 한 달쯤 걸리지만, 사랑이 시작될 가망이 없는 경우에는 두 번째 단계를 포기해 버린다. 이럴 때 그런 여자를 만난 남자들은 노력을 게을리 해서는 안 된다.

하지만 그 다음 단계부터는 가속도가 붙기 시작한다. 세 번째 단계에서 네 번째 '사랑이 시작되는 단계'로는 순식간에 발전한다. 가슴이 콩당콩당 뛰는 단계에서 사랑의 열병을 앓는 단계가 동시에 이루어진다는 뜻이다.

그 다음 네 번째 단계와 다섯 번째 '제1의 결정작용 단계'는 거의 동시에 일어난다. 그리고 자기 애인이 세상에서 둘도 없이 최고로 보이는 시기인 극단의 찬미 시기에서 여섯 번째 '의혹의 발생' 단계로 가는 데 걸리는 시간은 사람에 따라 다르지만, 여섯 번째 단계와 사랑의 안정기에 접어드는 일곱 번째 '제2의 결정작용 단계'는 동시에 일어난다.

따라서 그런 여자를 만난 남자는 세 번째 단계까지 끈질긴 인내심을 갖고 노력하면 그 후부터 사랑의 완성 단계까지는 마치 오르막길에서 내리막길로 가듯이 속도가 붙어 기다리지 않아도 된다. 사랑의 전략은 그래서 필요한 법이다.

# 사랑의 결정작용
## 눈에 콩깍지가 씌었군요

결정작용은 연애 과정에서 끊임없이 일어난다. '나의 연애 상대가 이 세상에서 최고'라고 여기는 마음을 나는 첫 번째 결정작용이라고 표현했다. 이렇게 상대방에 대한 첫 번째 결정작용이 이루어졌을 때 어떤 이유로 말다툼을 했거나 의견이 달라서 관계가 나빠진 경우에도 마음속에서는 상대방에 대한 미화를 끝없이 계속한다.

그 이유 때문에 서로가 화해해서 관계가 좋아진 후에는 그동안 상상 속에서 미화했던 찬사들이 현실적인 만족감으로 대체되어 더욱 관계가 돈독해지는 것이다. 만약 여자의 열정이 지나쳐서 남자를 질리게 만들면 그런 찬미의 결정작용은 잠시 멈춘다.

그러나 그때라도 열정과 격정을 잃는 대신 무한한 신뢰로 사랑의 또 다른 기쁨을 얻을 수 있다. 이렇게 사랑의 결정작용이 일단 시작되면 어떤 경우에도 사랑을 배가시키는 역할을 할 뿐이다.

재미있는 현상은 둘 중에 한쪽이 버림을 받았더라도 그 같은 결정작용이 계속된다는 점이다. 그래서 사람들은 제 눈이 안경이라는 말을 하기도 하고 눈에 콩깍지가 씌었다고도 하는 것이다.

결정작용이 일어난 남자는 버림을 받아도 여자의 장점을 계속 떠올리면서 '이제 그녀의 아름다움을 더 이상 바랄 수 없으며 두 번 다시 그런 행복을 맛볼 수 없겠지.' 하며 절망에 **빠진다**.

그래서 그 모든 일들을 자신의 탓으로 돌린다. 그리고 다른 즐거움을 찾으려 해도 아무런 기쁨을 얻지 못하고 세상을 비관하고 슬픔에 잠겨 폐인이 되어 목숨을 끊기도 한다. 그런 예는 우리 주변에서 수없이 볼 수 있고 문학 작품에서도 얼마든지 찾아볼 수 있다.

그런데 그런 결정작용이 반드시 연애에만 있는 것은 아니다. 도박은 딴 돈을 어디에 쓸까 생각하는 데서 결정작용이 생기며, 증오는 복수할 수 있을 것 같은 희망이 생기면 다시 증오심이 끓어오르는 결정작용이 생긴다.

부조리하거나 증명할 수 없는 신념을 신봉하는 사회는 언제나 가장 부조리한 인간을 영웅시하는데, 그것도 결정작용의 결과이다. 수학에서조차도 결정작용이 있다. 자신의 이론을 증명할 때 모든 부분을 동시에 파악하지 못하는 사람이 그렇다. 매우 이성적이고 현명한 사람이 음악에 미친 듯 몰두하는 것은 자기 감정의 원인을 이해할 수 없기 때문이다.

# 월폴과 데팡 부인의 사랑
## 나이? 그건 숫자에 불과해

사람은 무엇보다 쾌락에 약한 존재로 태어났다. 그 중에서도 특히 사랑의 쾌락에 약하다. 연애 감정은 이미 인간의 의지와는 관계없이 발생했다가 사라지는 열병 같은 것이다. 이것이 바로 정열적 연애와 취미적 연애의 차이점이다. 사랑하는 상대방의 매력도 우연의 선물일 뿐이다.

연애는 젊어서만 하는 것은 아니다. 연애에는 나이의 하한선과 상한선이 따로 없다. 프랑스의 데팡 부인은 68세의 나이에 당시 50세였던 영국의 문인 호레이스 월폴을 정열적으로 사랑했다. 그뿐이 아니라 남녀의 나이 차이가 10살에서 40살까지 나는 연애 사건을 수없이 보아 왔다. 사랑에는 국경이 없는 것처럼 나이의 제한도 없다.

누구든 순간적으로 이성을 보고 얼굴이 붉어지고 당황해하면 정열적인 연애에 빠진 것이다. 어떤 사람을 보면 태연한데 어떤 사람을 보면 왜 당황하고 가슴이 뛰겠는가. 부끄러움, 그것은 자신이 연애를 하고 있다는 숨길 수 없는 확실한 증거이다.

# 남녀의 시각 차이
## 그가 내 생각을 하고 있을까

여자는 인생에서 사랑을 가장 중요시하며 상상의 95% 이상이 사랑에 관련된 것들이다. 특히 여자는 남자와 성관계를 갖고 난 후에는 오직 그 남자와의 관계에만 집착하는 특수한 심리 현상을 갖고 있다.

여자는 남자와의 성관계를 자신에게 아주 특별하고 의미가 있는 일로 여기고 있다. 그래서 자신의 성관계가 수치스러운 일이거나 부도덕한 관계라고 해도 그 행위를 정당화하고 합리화시키려는 강력한 욕구도 갖고 있다. 그것은 생식을 책임져야 하는 여자의 생리적 심리 구조 때문이다. 그러나 남자에게는 그런 심리과정이 거의 없다.

여자는 틈만 나면 그 남자와의 감미로웠던 순간들을 아주 세밀하게 마음속으로 음미하고 되새기며 산다. 그러나 사랑에 빠진 후에는 그 사랑을 유지하고 싶은 욕심 때문에 뻔한 일도 의심하게 된다. 그래서 여자는 자신이 혹시 상대 남자의 화려한 연애편력 리스트에 오른 또 하나의 여자가 되지나 않을까 불안에 떨게 되는 것이다.

바로 그 즈음 여자의 두 번째 결정작용이 일어난다. 그 결정작용은 의심을 동반하고 있기 때문에 더욱 강력하다. 여자는 이제 자신이 화려한 여왕에서 비천한 하녀로 전락했다는 느낌을 받기도 한다. 그러면서도 여자는 따분하고 단순한 일, 예를 들면 자수를 놓거나 스웨터를 짜면서 남자 생각에 깊이 몰두한다.

하지만 남자는 자칫하면 낙오되는 치열한 사회 생활을 하고 있기 때문에 여자처럼 그런 생각을 할 겨를과 여유가 거의 없다. 남자들은 집 밖에 나가는 순간 여자를 잊는다. 여자들이 집에서 애를 돌보고 살림을 하는 동안 남자들이 밖에 나가서 사회 활동을 하면서도 자기를 생각하고 있을 것이라고 착각해서는 안 된다. 남자들은 사회 활동을 하는 동안에는 여자를 잊고 있기 때문에 때로는 연인이나 아내의 생일도 까맣게 잊는 것이다.

따라서 제2의 결정작용, 즉 사랑의 완성 단계는 여자 쪽이 훨씬 빠르고 강하다. 여자는 불안한 마음이 남자보다 훨씬 크고, 자존심에 상처를 입거나 수치심을 느낄 위험도 크기 때문이다. 또한 남자만큼 쉽게 직업적 성취나 취미에 대한 열정에 빠지기 어렵기 때문에 자연히 사랑하는 남자에게 집중하게 된다.

여자는 남자보다 이성을 훈련받을 기회가 적지만 남자는 사회적으로 이성적인 생활을 하도록 훈련받는다. 여자는 연애를 하지 않을 때도 자주 공상에 잠기며 늘 긴장과 흥분 상태에 있다. 따라서 상대의 결점도 눈에 잘 보이지 않는다.

여자는 이성적이기보다는 감성적이다. 예로부터 여자는 이성보다는 감성을 쓰는 일을 주로 해 왔다. 그래서인지 여자는 자신의 감성적인 성향과 반대되는 이성은 늘 자기 자신을 간섭하고 통제하는 것으로 여긴다. 언제 어디서나 감성적이 되는 것, 그것이 바로 여자이다.

# 남녀의 감정 차이
## 그녀가 날 좋아할까?

남녀간의 갈등은 서로 바라는 것이 다르기 때문에 발생한다. 연애 감정으로 말하면 남자는 공격적이고 여자는 방어적이다. 남자는 늘 요구하고 여자는 늘 거절하며, 남자는 대담하고 여자는 소심하다.

연애할 때 남자가 가장 먼저 상대방 여자에 대해서 생각하는 것은 '그녀가 날 마음에 들어 할까?' 혹은 '나를 사랑해줄까?' 하는 점이지만, 여자는 '저 남자가 나를 사랑한다는 말이 사실일까? 혹시 거짓이 아닐까? 과연 저 남자는 날 영원히 사랑할까?' 하는 점이다. 여자는 이렇게 자기 방어적이기 때문에 의심도 많은 것이다.

결론은 이제 나왔다. 연애 과정에서 남자나 여자나 가장 중요한 것은 상대방의 사랑을 확신하는 일이다. 그러므로 여자는 남자에게 단지 마음에 든다는 점과 좋아한다는 점을 확신시켜 주면 되고, 남자는 여자에게 진실을 알리고 영원한 사랑을 약속하면 되는 것이다.

특히 남자에게는 확실한 것이 하나 있다. 남자는 아주 구체적인 행위를 통해서만 여자의 사랑을 확신한다는 점이다. 따라서 여자는 남자에게 자신의 마음을 행동으로 보여 주어야 한다. 그 행위가 무엇일까?

여자는 남자보다 좀더 복잡하다. 여자는 연애에서 도덕적인 점이 특별히 고려된다. 도덕적인 기준을 여기서 단정하기는 매우 힘들다. 개인차가 워낙 많기 때문이다. 남자는 여자가 자기에게 갖는 사랑의 의혹을 단숨에 해소시킬 수 있는 증거를 보여 주려고 애쓴다. 하지만 여자를 단숨에 만족시킬 만한 증거란 세상에 없다. 인생의 불행은 바로 거기서부터 싹튼다.

# 서로 다른 남녀의 연애 심리
## 다른 사람 말이 왜 중요하지?

연애가 한 사람에게 확신과 행복을 줄 때, 다른 한 사람에게는 위험과 굴욕감까지도 줄 수 있다. 사랑에 빠지면 남자는 흔히 자기 혼자 영혼의 괴로움을 겪지만, 여자는 주변의 시선에 더 많은 신경을 써야 한다.

여자는 남자보다 소심한 데다가 사람들의 소문은 여자에게 더욱 가혹하다. 여자는 이웃 사람들의 평판을 무엇보다 중요하게 여기기 때문이다.

여자들에게는 사람들의 입방아를 단번에 잠재울 만한 뾰족한 수가 없다. 따라서 남자보다 경계심이 강할 수밖에 없다. 여자는 자신이 자란 환경 때문에 연애의 각 단계에서도 남자보다 소심하고 과감하지 못하다. 그러므로 마음이 변하는 일도 드물다. 그리고 일단 결정작용이 시작되면 남자만큼 쉽게 단념하지도 못한다.

여자는 남자가 프러포즈를 해 오면 달콤한 기분을 즐기면서도 남자가 너무 적극적이나 강압적으로 나오면 한 발짝 뒤로 물러난다. 자신이 남자에게 호락호락 넘어가지 않는 것이 진정한 남자의 마음을 얻는 방법이라고 생각하기 때문이다.

그에 비해 남자의 연애 심리는 비교적 단순하다. 남자는 사랑하는 여자의 눈만 바라볼 수 있어도 좋다. 여자의 미소 하나로 남자는 행복의 절정을 맛보기도 한다. 바로 그 미소를 얻기 위해 남자는 온갖 노력을 기울인다.

여자가 마음을 쉽게 열지 않아 계속 구애를 해야 하는 상황이 되면 남자는 자존심이 상하지만, 반대로 여자는 그 자체를 자랑스럽게 여긴다.

여자는 속으로는 남자를 사랑하면서도 사랑한다는 말을 거의 하지 않지만 남자와 언제 어디서 만나서 무슨 식사를 하고 무슨 연극을 보았는지, 그런 세심한 부분까지 마음속에 기억해 둔다. 또한 그 남자와 처음 한 일에 의미를 두고 다른 사람과는 공유하지 않으려 한다.

# 여자가 바라는 남자의 외모
**당신 웃을 보면 기분이 잡쳐요**


먼저 한 여자의 마음을 들여다보자.

한 아름다운 아가씨가 있었다. 그 아가씨가 살고 있는 마을에는 에드워드라는 장래가 촉망되는 청년이 있었다. 에드워드는 그 아가씨를 오래 전부터 혼자만 속으로 사랑하고 있었으며 이제 외국 유학에서 돌아왔으니 곧 아가씨에게 청혼을 하게 될 것이라는 소문이 나돌았다. 이웃 사람들로부터 그 말을 전해 들은 아가씨는 마음이 부풀어 오르고 설레었다.

어느 날 마을 성당에 간 그 아가씨는 사람들 틈에서 누군가가 에드워드라는 이름을 부르는 말을 듣고 깜짝 놀라서 고개를 돌렸다. 그녀는 먼발치에서 에드워드라는 남자를 훔쳐볼 수 있었다. 그 순간 그 아가씨는 에드워드를 사랑하게 되었다.

마침내 소문대로 에드워드로부터 청혼이 왔다. 그리고 일주일 후에 에드워드를 만난 그 아가씨는 깜짝 놀랐다. 그녀가 만난 에드워드는 성당에서 은밀히 훔쳐보았던 그 남자가 아니었던 것이다. 그 아가씨는 이미 성당에서 처음 본 다른 에드워드에게 마음이 빼앗겨 있어서 결국 두 사람은 맺어질 수가 없었다.

그와 비슷한 예를 또 들어 본다. 한 남자가 불행한 처지에 빠

져있는 젊은 여자를 지극한 정성으로 보살펴 주고 있었다. 그 남
자의 보살핌에 감동한 여자가 그 남자에게 막 마음을 열려고 하
는 순간이었다. 그러나 막상 그 남자와 만나서 교제해 보니 남자
는 말투가 세련되지 못했고, 촌티가 나고 옷차림도 마음에 들지
않았다. 그러자 여자는 곧 마음의 문이 닫히고 말았다.

여자는 남자의 능력이나 인격과는 전혀 관계없는 사소한 부분
이라도 그 자체가 견딜 수 없게 싫어질 수 있다. 그런 경우 사랑
의 결정작용은 불가능해진다.

즉, 여자에게 사랑의 결정작용이 가능하기 위해서는 남자는 모든 면에서 완벽하다는 느낌이 들어야 한다. 물론 여기서 말하는 완벽이란 객관적인 기준이 아니라, 여자의 주관적인 기준을 말한다. 그렇다면 나쁜 외모는 연애를 시작하는 데 최초의 장애가 된다는 뜻이다. 외모에 관한 한 남자나 여자나 똑같다.

그러나 일단 연애가 시작되면 남자는 누가 뭐라거나 자기 애인을 아름답게 여기게 된다. 남들 눈에도 모두 아름다운 여자에 대해 느끼는 행복의 지수를 1이라고 한다면, 외모가 약간 떨어지는 자기 애인을 볼 때의 행복 지수는 1000이다. 여기서 제 눈에 안경이라는 말이 나오게 된 것이다.

사랑이 싹트기 전까지는 멋진 외모가 사랑을 부르는 첫 번째 역할을 한다. 특히 여자는 남들이 남자의 외모에 대해 감탄하거나 칭찬하는 것을 들으면 그 남자를 사랑할 마음이 싹튼다. 연애의 일곱 단계에서 보았던 것처럼 감탄은 연애를 시작하는 동기인 것이다.

취미적 사랑이나 정열적 사랑의 경우에는 여자가 남자를 선택하는 최초 5분간은 자기 생각보다 다른 여자들의 평가를 더욱 중요하게 여긴다. 그런 경우 남자는 여자가 자기에게 마음이 있는지 확인하기도 전에 섣불리 행동을 해서는 안 된다. 자칫 여자가 남자를 하찮게 여겨 연애의 가능성을 모두 날려 버릴 수도 있기 때문이다.

여자는 아무에게나 쉽게 반하는 남자에게는 호감을 갖지 않는다. 바로 그 점을 기억해야 한다. 남자는 여자에게 관심 없는 듯한, 무심한 태도를 보여 주는 것이 효과적이다. 여자는 너무 쉽게 무릎을 꿇는 남자에게 흥미를 느끼지 못하고 고마움도 모른다. 그것이 여자의 마음이다.

# 남자가 바라는 여성의 외모
## 당신은 내 마음의 거울이오

일단 결정작용이 시작된 남자는 사랑하는 여자에게서 발견하는 새로운 아름다움 하나하나마다 행복을 느낀다.

그런데 이 남자가 느끼는 여자의 아름다움이란 무엇인가? 그 것은 바로 자신에게 기쁨을 주는 새로운 능력을 말한다. 그런데 사람마다 기쁨을 느끼는 것이 다르고 기쁨의 질과 양도 다르기 때문에, 어떤 사람에게는 아름다움이 어떤 사람에게는 추함 것이 되는 경우도 있다. 여자의 보조개에 빠지는 남자도 있고, 보조개라면 치를 떠는 남자도 있을 수 있다.

따라서 남자나 여자나 아름다움의 본질을 알기 위해서는 각자에게 기쁨을 주는 것이 무엇인지 정확히 파악해야 한다. 육체적 쾌락을 최고의 기쁨으로 여기는 남자에게는 그런 기쁨의 기회를 많이 주는 여자가 아름다운 것이고, 자신의 열정을 한 여자에게 마구 쏟아 붓는 것 자체가 기쁨인 남자에게는 단지 그 대상이 되어 주기만 해도 아름다운 여자가 되는 것이다. 또한 어떤 남자는 지적인 대화를 통해서만 한 여자에게서 기쁨을 얻으며, 그것을 그 여자의 아름다운 매력으로 여긴다.

그런 예는 한없이 들 수가 있다. 이렇게 남자가 여자에게서 느끼는 아름다움은 남자마다 다르다. 결국 남자가 느끼는 여자의 아름다움이란 그동안 자신이 여자에게 품었던 온갖 욕망의 실현이 축적된 것에 지나지 않는다.

# 육체관계 후의 여자 심리
## 여왕에서 시녀가 된 기분이야

남자에게 순결을 바친 여자는 그 남자에게 매우 집착하기 시작한다. 평소에 늘 꿈꾸어 오던 사랑의 대상이 육체관계 이후 오직 그 남자에게만 집중되기 때문이다.

여자는 남자와 관계를 가진 후에는 그토록 금기시하고 부끄러워하던 평소의 태도에서 벗어나 이제는 '그게 뭐가 어때서?' 하고 수치심을 정당화하게 될 뿐만 아니라, 틈만 나면 그와 가졌던 감미로웠던 행위에 대한 세밀한 상황을 떠올리고 분석하기도 한다. 그러나 남자에게는 이런 현상이 없다.

그리고 여자는 이제 애인이 자신에게 애걸하고 도전해 올 목표가 없어졌으며, 자기 또한 그 남자에게 뻗뻗이 굴거나 거절할 일이 없어졌다는 생각을 하게 된다. 그리고 그 순간, 혹시 애인의 정복자 리스트에 다른 여자의 이름이 올라가 있는 것이 아닐까 불안해한다. 바로 이때 여자의 두 번째 결정작용이 일어난다.

이 결정작용은 의혹을 동반하고 오기 때문에 몹시 격렬하다. 이때 여자의 심리 상태는 마치 여왕에서 시녀로 퇴락한 느낌이다. 그런 느낌은 육체적 쾌락이 주는 만족감에 의해 다소 상쇄될 수 있지만, 초기에는 남자와의 성관계에서 큰 육체적 쾌락을 얻지 못하기 때문에 오는 반대급부로 신경 작용은 더욱 치열한 편이다.

그때 여자는 간단히 손만 놀리면 되는 자수 따위의 무미건조한 일에 빠진 채 애인을 상상하지만 남자들은 기병대를 거느리고 평원을 달리면서 서투른 상상을 할 여유가 없기 때문에 두 번째 결정작용은 여자 쪽이 훨씬 빠르고 강하다.

여자는 연애를 할 때 자신의 자존심이나 명예가 위험에 처할지도 모른다는 불안이 훨씬 심하지만, 남자는 최소한 일에 몰두하기 때문에 상황이 다르다.

여자는 이성적이기보다 훨씬 감성적이다. 여자는 그다지 이성이 필요하지 않은 환경에서 주로 생활하기 때문이기도 하지만, 여자는 본능적으로 늘 감동을 원하고 있다.

# 여자 18세와 28세의 차이
## 고통을 품은 꽃이 더 붉게 피어나지요

나는 어느 날 한 현명한 부인에게 18세의 소녀는 사랑의 결정 작용을 일으킬 만한 힘이 없을 것이라고 말했다. 인생의 경험이 없어서 연애에도 아주 제한된 욕망이나 정열밖에 없기 때문에 18세의 소녀는 28세의 여자만큼 정열적인 사랑을 할 수 없다는 뜻이었다. 그러자 그 부인은 즉각 내 말을 부인했다.

"오히려 소녀 시절에는 이성과의 어떤 나쁜 경험도 없기 때문에 어떤 남자와도 어울려 자신의 상상에 따라 젊음의 불꽃을 마음껏 불태울 수가 있죠. 소녀가 만나고 있는 남자는 실제의 그 남자가 아니라 자신의 상상이 만들어 낸 감미로운 남자입니다. 하지만 그 소녀가 연애 경험을 통해서 남자와 슬픈 일을 겪고 나면 그 후부터는 남자에 대한 불신 때문에 상상의 날개가 꺾여 어떤 훌륭한 남자를 만나도 결정작용의 힘이 약해지게 되죠. 그래서 18세 때 마음 그대로 남자를 사랑할 수 없게 됩니다. 결국 두 번째 사랑은 숭고함이나 화려함에서 소녀 시절의 정열을 되찾을 수 없습니다."

그래서 나는 이렇게 말했다.

"하지만 부인, 18살 때 사랑의 부정적인 면을 경험하게 되면 두 번째 사랑에도 그 영향이 미치게 되지 않을까요? 젊은 시절의 사랑은 큰 강물의 흐름과 같아서 도저히 저항할 수 없는 것처럼 여겨지지만 28세가 되면 사랑의 깊이를 깨닫게 됩니다. 그 여자는 어쩔 수 없이 행복을 위해 사랑을 원하게 되고 그녀의 마음은 사랑의 믿음과 불신 사이에서 무서운 갈등을 겪는 가운데 위험을 느끼면서도 결정작용은 서서히 진행됩니다. 그처럼 시련을 극복하는 과정을 거친 결정작용은 18세의 소녀 시절 때보다 그 열정이 천 배나 강해질 것입니다."

1820년 3월 9일에 그 부인과 나눈 대화로 내가 지금까지 확신하고 있었던 점에 약간의 의심이 생겼다. 그리고 그 이후로 나는 여자의 마음에 관해서는 확신을 가질 수 없게 되었다.

여자들은 어떤 남자를 속으로 사랑하면서도 1년 내내 말을 안하고도 견디어 낸다. 또 여자들은 사랑하는 남자가 자기 손에 키스를 하면 다른 남자들이 그 손에 키스하는 걸 허락하지 않는다. 남자는 왜 그렇지 않는지 그 차이를 생각해 보게 된다.

# 이성을 잃는 남자의 연애
## 내 눈엔 까마귀도 백조로 보입니다

사랑하는 여자에게서 새로운 아름다움을 발견할 때마다 남자는 왜 황홀해지는 것일까? 그것은 새로운 아름다움이 제각기 남자의 욕망에 완전한 만족을 주기 때문이다.

가령 남자는 자기 애인이 다정한 여자였으면 좋겠다고 생각하면 그 여자가 다정한 여자로 느껴진다. 그러나 자기 애인이 도도하고 쌀쌀맞은 여자였으면 좋겠다고 생각하는 순간 즉시 그런 여자로 느껴진다. 다정함과 쌀쌀맞음은 정반대되는 성품인데도 말이다.

모든 열정 중에서 사랑의 열정이 가장 격렬한 것은 바로 이러한 정신적인 이유 때문이다. 다른 열정은 욕망이 냉혹한 현실과 타협할 수밖에 없지만, 사랑의 열정은 오히려 현실이 욕망에 맞추어 동화된다. 따라서 뜨겁게 타오르는 욕망이 가장 충족되는 경우가 바로 사랑의 열정이다.

아무리 똑똑한 남자도 사랑이 싹튼 순간부터 상대 여자를 '있는 그대로' 보지 않는다. 자신의 장점은 과소평가하는 반면 사랑하는 여자는 사소한 아름다움조차 과대평가하게 된다. 그리고 연애에 대한 불안이나 희망도 순식간에 정열적인 색깔을 띠게 된다.

이어 두 사람 사이에 일어나는 어떤 일도 우연히 일어난 일이 아니라 운명적인 것이라고 믿는다. 자신들의 만남을 필연적이고 운명적인 관계로 여기고 싶어한다. 그쯤 되면 스스로 만들어 낸 환상조차도 실재하는 것이 되어 버린다.

남자가 사랑에 빠져 이성을 잃었을 때는 명백하게 '검은 것' 을 '흰 것' 으로 여기며 자신의 사랑에 유리하게 해석하기 마련이다. 그래서 그 사실이 실제로는 '검은 것' 이었다는 것을 나중에 깨달 더라도 역시 자신의 사랑에 유리한 결론을 이끌어 내려고 애쓴다. 그렇게 흑이 백이 되는 상황에서 이성적인 생각은 끼어들 여지가 없어진다.

바로 그런 상황에 빠져 있을 때 진실한 친구가 그를 객관적으로 평가해 주고 바른 길로 이끌어 줄 수 있다고 생각하겠지만, 남자가 사랑에 빠져 이성을 잃으면 친구도 보이지 않는다.

도무지 눈에 뵈는 게 없는데 누구의 비판이나 충고가 먹혀들 것인가. 사랑에 빠진 남자가 무분별한 짓을 하는 원인은 바로 거기에 있다.

# 현실에 힘을 잃는 연애의 법칙
## 내일 당장 천만 원이 필요해

연애를 하는 동안 마냥 좋은 것만은 아니다. 연애를 시작하면 누구나 겪는 갈등이 있다. 자존심이 상하거나 개인의 프라이버시를 침해당하거나 인격에 상처를 받는 경우가 얼마든지 있다. 거기다가 연애와 관계없는 개인적인 불행이 찾아오기도 한다.

건강이 나빠질 수도 있고 직장을 잃을 수도 있다. 또한 빚을 진다거나 집안이 몰락하는 경우도 있다. 이러한 일을 당하면 두 사람 사이는 전보다 한층 견고해지고 서로에게 힘이 될 수 있을까? 당해 보지 않으면 그렇다고 모두 말한다.

하지만 그건 아니다. 그런 생각은 착각이나 오해일 뿐이다. 둘 중에 개인적인 불행이나 어려움이 닥치면 서로를 끊임없이 미화하는 상상력의 작용이 멈추게 된다.

그렇게 되면 이제 막 사랑이 싹튼 연애에서는 결정작용이 일어나지 않고, 사랑이 확고해진 연애는 의혹의 단계로 진행이 되지 않은 채, 제2의 결정작용이 더 이상 일어나지 않는다. 뜻밖의 불행들이 해소되어야만 사랑의 달콤함과 열정이 되살아나게 된다.

속담에도 가난이 사랑방에 기어들면 사랑은 부뚜막으로 쫓겨난다는 말도 있다. 두 사람의 연애 감정은 놀랍게도 두 사람의 환경이나 조건과도 밀접한 관계가 있다. 두 사람의 연애에 걸림돌이 되는 불행은 결정작용조차 멈추게 하고 만다. 연애는 더 이상 진전되지 않고 오히려 퇴보한다.

하지만 특수한 경우는 있다. 두 사람들이 모두 생각에 깊이가 없고 감수성이 무디면 그런 불행한 사태도 연애 감정을 지속시키는 데 도움이 된다.

또한 그때까지 수많은 불행을 겪어 왔던 사람들이 만났다면 자신을 힘들게 하는 세상사에 관심을 갖기보다는 연애의 결정작용에 자신의 상상력을 집중하려고 노력하기 때문에, 이러한 경우에는 불행이 사랑에 도움이 될 수 있다.

# 사랑이 좌절된 남자의 마음
## 추억도 가져가 줘!

오랜 세월 동안 사랑의 정열을 간직했지만 극복하기 힘든 장애 때문에 사랑을 이루지 못해 괴로워하는 남자가 있다. 그런 남자는 그림 같은 풍경이나 아름다운 예술 작품을 봐도 사랑하는 여자에 대한 기억을 불쑥불쑥 떠올린다. 이것은 이미 언급한 것처럼 잘츠부르크의 앙상한 나뭇가지가 다이아몬드처럼 반짝이는 보석으로 보이는 것과 같은 작용이다.

이 세상에 존재하는 아름답고 숭고한 것은 모두 자신이 사랑하는 사람의 일부처럼 느껴지는 것이다. 이런 남자가 우연히 아름다운 광경을 보면 연인에 대한 아름다운 추억이 떠올라 두 눈에는 눈물이 가득 고인다. 이처럼 아름다움을 사랑하는 마음과 연애하는 마음은 서로 생명력을 주고받는다.

그러나 불행한 것은 사랑하던 사람과 만나서 얘기를 나누던 행복의 구체적인 과정들이 기억으로 재생되지 않는다는 점이다. 물론 연인과 함께 있었던 시간들 동안 느낀 감동은 너무도 확실하게 영혼에 깊이 각인되어 있지만, 그 감동을 일으켜 준 구체적인 행동과 상황, 그리고 대화는 기억에 거의 남지 않는다. 사랑하는 연인과 함께 있었던 영혼은 이미 감각 그 자체가 되어 버렸기 때문이다.

이런 상태에 있는 남자는 연인에 대한 몽상에 빠져 있을 때 갑자기 무엇인가가 그 순간을 방해해서 몽상을 깨는 경우가 발생해도, 오히려 그 일로 인해서 연인과 관련된 새로운 기억이 떠올라 전보다 더 강렬하게 연인을 그리워하게 된다.

이것은 사랑이 의지로는 제어할 수 없는 그 무엇이기 때문이다. 이렇게 사랑이 좌절된 남자에게는 연인에 대한 기억이 오랫동안 눈물로 남아 있게 된다.

# 열정이 냉정으로 변하는 남자
## 꺼진 불씨로는 불을 지필 수 없어

남자는 사랑의 감정이 너무 격렬하여 괴로울 정도가 되면 어느 날 문득 자신이 그 여자를 사랑하고 있는 것이 아니라는 생각이 든다. 마치 깊고 광활한 바다 한가운데서 솟아나는 민물의 샘처럼 말이다.

남자의 연애를 저지하는 장애 조건들이 많은 경우도 있겠지만, 대부분 남자가 일방적으로 구애를 하고 여자가 계속 남자의 열정을 외면하는 일방적인 사랑의 경우에 이런 상황이 생긴다.

그럴 때 남자는 어느 날 갑자기 사랑의 공황 상태에 빠지는 것이다. 그런 감정은 여자가 이해할 수 없는 미묘한 남자들만의 심리이다.

이 상태에 이른 남자는 연인을 생각해도 더 이상 기쁨을 느끼지 못하는 증세가 온다. 지금까지 그토록 애타게 구애를 했음에도 불구하고 여자가 너무나 냉담하게 외면해서 괴로웠던 남자는 이제 그런 사랑에서 오는 고통보다 삶에 대한 흥미를 잃었다는 사실을 훨씬 더 불행하게 느끼는 것이다. 한마디로 사랑이 성취동기를 좌절당한 데서 오는 깊은 좌절감을 느끼는 것이다.

물론 지금까지의 삶이 대단한 것은 아니었지만 그 여자가 자기 앞에 나타나면서 이 세상은 갑자기 기쁘고 행복한 무대로 바뀌었으며 긴장 속에서 살게 되었다. 그러나 이제 그렇게 격앙된 자기 모습은 어느덧 사라지고, 지금은 더욱 우울하고 무기력한 허무감만이 자신의 주위를 감돌고 있는 것이다.

남자가 그런 심리 상태에 빠지는 이유는 사랑의 열정이 너무 지나친 나머지 이미 상상력만으로 연인을 만났을 때 느낄 수 있는 모든 정서적 경험을 다 맛보았기 때문이다.

여느 때라면 자신에게 냉정하게 굴었던 여자가 잠시나마 다정하게 대해 주면 남자는 그것만으로도 다시 연애의 가능성에 대한 희망이 생겨 마음이 매우 들떴을지도 모른다.

그러나 남자 마음속에는 이미 자신의 상상력이 경험한 슬픈 기억과 고통이 자리하고 있기 때문이 결정작용이 멈추어 버린 것이다.

이런 심리적인 결과를 보면 여자에 대한 남자의 도취가 강하면 강할수록 그 열정의 감정도 빨리 식는다는 것을 알 수 있다. 이것은 곧 사랑의 열정이란 상대 여성에 대한 열정이 아니라 자신에 대한 열정이라는 것을 알 수가 있다. 따라서 열정이 큰 사람은 사랑의 열정도 크다.

# 음악과 연애의 관계
## 아, 이건 딱 우리 얘기네!

완벽한 음악은 사랑하는 연인을 만났을 때 느끼는 것과 똑같은 기쁨과 환상을 안겨 준다. 음악만큼 사람을 연애 감정에 빠지게 하는 예술 장르도 없다.

가슴에 깊이 파고드는 아름다운 음악을 들으면 연인의 모습을 떠올리게 되고, 그 같은 연상 작용에 의해서 연인에 대한 몽상에 점차 빠져들게 하는 것이 음악의 매력이다.

따라서 연애에 빠진 사람이 음악을 들을수록 연애 감정이 더 커진다는 것은 사실이다. 음악은 더 쉽게 더 빨리 연애에 빠지게 만들어 준다.

예를 들면 로시니의 오페라 〈비앙카와 팔리에로〉에 나오는 사중창 첫 부분의 가냘픈 클라리넷 솔로와 중간쯤에 나오는 독창을 들으면 부드럽고 구슬픈 멜로디가 지나친 비극적 감정을 피하면서 사랑의 몽상에 빠져들게 하여, 연애에 빠져서 감수성이 예민하고 불안해진 영혼을 감미롭게 감싸 준다.

그런 느낌은 개인적인 정서에만 국한되지 않는다. 한참 사랑에 빠져 있는 연인이라면 로시니의 〈아르미다와 리날도〉의 그 유명한 이중창을 다른 사람보다 더 황홀하게 즐길 수 있을 것이다.

이 음악은 사랑에 빠져 있는 행복한 연인 사이에서 일어날 수 있는 사소한 질투와 의심, 그리고 그 뒤에 찾아오는 화해와 달콤한 기쁨의 순간을 정확하게 묘사한 곡이기 때문이다.

이처럼 음악은 그 무엇보다 강하게 사람을 연애에 빠지게 만들고, 연애를 더욱 풍성하고 감미롭게 만드는 역할을 하고 있다.

# 못생긴 여자를 사랑하는 남자
### 남들이 뭐라든 난 행복해!

사람들은 대체로 남자가 여자의 외모에 너무 민감하게 반응한다고 믿고 있다. 그 이유는 대부분의 남자들이 예쁜 여자를 밝히기 때문이다. 그러나 남자는 한 여자를 사랑하고 있을 때는 그 여자보다 누가 봐도 객관적으로 더 아름다운 여자를 만나도 마음이 바뀌는 일이 없다. 아무리 뛰어난 미모의 여자를 만나도 그렇다.

남자들의 이런 마음에 놀랄 필요가 없다. 자기 연인이 주는 행복이 다른 여자가 주는 행복과는 비교가 안 될 만큼 크기 때문이다.

남자는 일단 사랑에 빠지면 연인 얼굴의 작은 결점, 예를 들면 점이나 흉터 같은 것조차 사랑하게 된다. 그래서 다른 여자의 얼굴에서 점이나 흉터를 보면 자기 애인을 떠올리며 황홀한 몽상에 잠기게 된다. 남자는 그 흉터를 통해 수많은 사랑의 감정을 맛보고 체험했기 때문이다.

그가 흉터를 매개로 하여 느낀 감정은 그에게 매우 소중하고 감미로운 것이어서 다른 여자의 얼굴에 있는 똑같은 흉터를 보면서도 연인의 흉터에서 느꼈던 사랑의 감정이 뜨겁게 되살아나는 것이다. 남자가 첫사랑과 헤어진 후에 훗날 첫사랑의 여자와 분위기가 유사한 여자에게 이끌리는 것도 그와 유사한 감정의 이입 현상이라고 보면 된다.

그런 이유 때문에 남자들은 남들이 그렇게 못생겼다고 말하는 여자와도 연애를 할 수 있는 것이다. 그때는 남들이 지적하는 단점이나 추한 얼굴도 사랑에 빠진 당사자에게는 아름답기 때문에 못생겼다는 남들의 말이 이해가 되지 않는다.

몹시 여위고 얼굴에는 마마 자국이 남아 있던 한 여자와 뜨거운 열애에 빠진 한 남자를 알고 있었다. 그런데 불행하게도 그 여자가 죽었다. 3년 후에 남자는 두 여자를 사귀게 되었는데 한 여자는 누가 봐도 뛰어난 미인이었고, 다른 한 여자는 여위고 얼굴에 마마 자국이 있어서 아주 못생긴 여자였다.

하지만 놀랍게도 그는 못생긴 여자를 선택했다. 그는 자신이 갖고 있던 아름다운 사랑의 추억 때문에 전에 사랑했던 못생긴 여자를 그때까지 잊지 못하고 있었던 것이다. 그 여자 역시 기회를 놓치지 않고 그 남자의 피를 들끓게 할 만큼 유혹했다. 그런 일이 남자에게는 통할 수 있는 효과적인 방법이다.

물론 처음부터 못생긴 여자를 사랑하게 되는 남자는 많지 않지만 너무 건방진 여자가 아니라면, 여자의 사랑스러운 표정은 남자로 하여금 못생긴 외모의 단점을 덮어 버리게 한다. 남자는 그런 여자를 사랑하게 되고 어느덧 그 여자에게 몰두해 버린다.

# 연애에 성공하는 외모
## 열정과 개성을 이길 순 없지

객관적인 외모보다는 심리적인 외모가 실제 연애에 더 큰 역할을 한다는 것은 배우의 예를 봐도 잘 알 수가 있다. 관객은 배우의 실제 외모보다는 그가 연기로 보여 주는 이미지로 투영된 외모만을 기억한다.

그래서 객관적으로는 못생긴 배우도 그가 보여 주는 개성 있고 멋진 연기 때문에 사람들은 그에게 호감을 갖고 심지어는 외모조차도 멋지다고 생각하게 되는 것이다. 아무리 잘생긴 코미디언이라도 그의 연기를 보고 웃는 것도 같은 이유이다.

아름다움이란 상대를 보고 느끼는 감정, 다시 말하면 정신적인 작용이 표현된 것이다. 따라서 여자의 아름다움과 연애의 열정에는 아무런 관련이 없다는 사실을 잊지 말아야 한다.

얼굴도 못생긴 여자가 잘난 남자의 사랑을 받는 것을 보고 미인이 배 아파하거나, 저렇게 잘생긴 남자가 왜 저렇게 못생긴 여자에 푹 빠져 있는지 모르겠다고 고개를 갸웃거리는 이유가 거기 있다.

물론 여자의 외모가 뛰어나다면 남자의 구애를 받게 될 확률이 높아질 수도 있다. 그러나 그 확률이란 모든 남자에게 적용되는 것이 아니며, 사람에 따라서는 반대의 결과가 나올 수도 있다. 게다가 남자들은 오히려 여자는 아름다울수록 콧대가 세고 쌀쌀맞을 확률이 높다고 한결같이 이야기한다.

'남자는 아름다운 여자와 사랑에 빠진다.'

이제 이 말은 단지 불확실한 확률이라는 것을 알게 되었다. 얼굴에 마마 자국이 있는 애인의 다정한 눈빛은 남자가 아름다운 여자와 사랑에 빠질 확률을 제로로 만드는 강한 현실인 것이다.

애인이 없는 것은 외모 때문이 아니라는 사실을 여자는 알아야 한다. 정작 연애에 가장 필요한 것은 바로 열정이다.

# 남자에게 가장 중요한 여자의 덕목
## 내 환상을 채워 줘!

사랑에 빠진 남자는 여자의 외모에 전혀 개의치 않는다. 특히 한 여자를 열렬히 사랑하면서도 프러포즈를 할 때마다 계속해서 딱지를 맞는 남자라면 그 여자의 외모에는 거의 관심이 없다고 말하는 편이 좋을 것이다.

그래서 어쩌다가 곁에 있는 그 남자의 친구가 그를 위로한답시고 "그 여잔 생긴 것도 그저 그런데 잘됐지, 뭐. 안 그래?"라고 말한다. 그러면 남자는 "네 말이 맞아." 하고 맞장구 치는 경우가 있다.

그때 그 친구는 자기의 위로가 꽤 효과가 있었다고 생각할 것이다. 하지만 그 남자는 그 여자의 외모에는 관심도 없었다는 사실을 친구가 모르는 것이다.

다른 사람들에게 꽤 인기가 높은 사람을 만나 보면, 잘생겼다고 생각할 만한 구석이 하나도 없는 경우를 때때로 본다. 그런데도 그가 못생겼다는 느낌이 안 드는 것은 희한한 일이다.

그 이유는 우리들의 감정이 이미 그의 객관적인 외모를 보는 눈을 멀게 해 버렸으며, 그의 못생긴 얼굴을 바라보는 시각은 눈을 감는 대신 그의 유머 감각이나 풍부한 표정, 혹은 탐스러운 머리칼 같은 것에 도취되어 있기 때문이다. 그래서 그에게 혹시 혹이 달려 있다 하더라도 사람들은 그의 혹마저 아름답게 보는 것이다.

우리들은 주위에서 여배우와 사랑에 빠지는 남자들을 흔히 본다. 그런데 그 남자가 사랑에 빠진 것은 여배우가 아름다워서라기보다는 여배우가 연기로 보여 주는 그 고귀하고 사랑스러운 감정에 빠졌기 때문이다. 여배우의 실제 생활과 객관적인 외모는 이미 남자의 눈에 보이지 않게 된 것이다.

그리고 훗날 그 여배우의 실제 삶이 생각했던 만큼 고상하지 않다는 것을 알게 되었음에도 불구하고 이미 사랑의 결정작용이 시작된 후에는 그녀를 향한 남자의 마음은 여전히 낭만적이고 감상적일 수밖에 없다.

사랑의 결정작용은 이렇게 수많은 결점과 단점을 아름다움과 장점으로 뒤바꾸어 버리는, 이해할 수 없는 엄청난 화학작용을 하는 것이다.

# 예쁜 여자를 찾는 남자들
## 내 머리는 장식품이야

연애에 쉽게 빠지지 않는 남자야말로 여자의 아름다움을 가장 예민하게 느낄 수 있는 사람일지도 모른다. 이처럼 정열적인 사랑을 느끼지 못하는 남자들은 여자의 다른 부분에서는 큰 매력을 느끼지 못하고 단지 외모를 통해서만 가장 강한 인상을 받기 때문이다.

여자의 외모를 따지는 남자들은 열정적인 연애에 빠지는 남자들의 심리를 이해할 수 없다고 말한다. 정열적인 연애를 하는 남자들은 사랑하는 여자의 흰 모자를 먼발치에서 보기만 해도 가슴이 두근거린다. 또한 아무리 눈부시게 아름다운 여자가 곁에 다가와도 관심을 두지 않으니 그렇게 말할 만도 하다.

그러나 정열적인 남자들은 지금 한참 자신의 열정을 쏟아 부울 대상에만 모든 관심이 집중되어 있기 때문에 다른 여자를 쳐다볼 겨를이 없다. 그런데 그것을 모르고 정열적이지 못한 남자들은 그들이 그렇게 못생긴 여자에게 정열을 쏟아 붓는 것을 한심스럽게 생각한다.

절세미인이라도 자꾸 보면 그다지 감탄스러울 것이 없다. 남자에게 아무런 감동을 주지 못하는 아름다움은 연애의 결정작용을 방해하는 요소인 것이다.

지금 자신과 연애하고 있는 여자가 아름답다는 것은 자기 혼자만 알고 있는 소중한 감정이 아니라, 세상 사람 누구라도 다 알 수 있는 일인 것이다. 따라서 여자의 외모가 아름답다는 것은 자신만의 사랑의 감정을 원하는 남자에게는 특별한 것이 되지 못한다. 더 심하게 말하면 그런 아름다움은 장식품으로도 대체할 수 있기 때문이다.

따라서 아무런 매력이나 향기도 개성도 없이 그저 얼굴 하나만 예쁘고 몸매 하나만 빼어난 여자들의 애인 명단에는 틀림없이 바보 같은 남자들의 이름만 나열되어 있을 것이다. 특히 돈 많은 귀족들의 이름이나 졸부들 말이다.

왜냐하면 현명한 남자들은 여자들의 육체적 매력에 앞서 정신적 향기를 선택하기 때문이다.

# 연애 성공 비법
**어쩌면 이렇게 운명적일 수가!**

상상력이 풍부한 여자는 예민하고 의심도 많다. 그런 여자들은 자신도 모르는 사이에 저절로 의심이 많아진다. 그래서 처음 만난 남자가 누구나 뻔히 알 수 있는 통속적이고 평범한 모습을 보이면 저절로 상상력이 위축되어 연애가 시작되는 결정작용의 가능성이 떨어진다. 그와 반대로 남자와의 첫 만남이 극적이면 극적일수록 연애가 시작될 확률이 매우 높아진다.

그 이유는 아주 간단하다. 여자는 예상치 못한 극적인 첫 만남을 갖게 되면 바로 그 예사롭지 않은 사건에 대해 오랫동안 깊은 생각에 잠기게 마련이다. 그렇게 되면 연애의 결정작용에 필요한 두뇌 활동은 반쯤 진행된 것이나 다름없다.

한밤중에 여자가 혼자 자고 있는데 누군가에게 쫓기던 남자가 몸을 피하려고 방에 뛰어들었다든가, 우연한 사고로 서로 말다툼을 하게 되면서 알게 된 사이라든가, 아니면 위기에 처한 자신을 극적으로 구해 주면서 만난 남자와는 연애를 시작할 가능성이 매우 높아진다. 이런 사건은 소설의 플롯 속에 흔히 나오는 극적인 구성과도 같다.

여자는 남자와의 극적인 만남을 운명적인 인연으로 상상하게 된다. '왜 하필이면 그 순간 그 남자가 나타났을까? 이것은 우연한 일이 아니다.' 하면서 말이다.

하지만 그와는 정반대로 둘 사이의 만남이 거의 판에 박은 듯 형식적으로 이뤄지는 소개나 맞선만큼 웃기는 일도 없다. 나는 이런 연애를 감히 합법적인 매음 행위라고 생각한 적도 있었다. 아무런 감정의 개입 없이 조건으로 따져서 짝을 이루는 것처럼 우스꽝스러운 일이 어디 있는가.

1790년대 프랑스에서는 맞선 결혼이 유행했다. 젊고 아름답고 교양도 뛰어난 아가씨가 품행도 바르지 못하고 머리도 둔하지만 돈은 많은 남자의 아내가 되는 일이 허다했다. 주로 사회 저명인사들이나 부자들 사이에서 벌어지는 일이었다.

어떤 쌍은 단지 세 번 만나서 결혼한 경우도 있었다. 그런데

문제는 부끄럽게도 그런 일을 자랑스럽게 말한다는 점이다. "세 번 만나고 결혼했어요. 정말 운명적이지 않나요?"

그리고 그런 일이 통용되는 사회에서 자신의 현명한 선택으로 사랑을 시작한 젊은 여자들에게 경솔한 짓이라고 비난하거나 잔인하게 모욕을 퍼붓는 경우가 많은데, 그것은 매우 위선적인 행동이다.

의식이라는 것은 원래 가식적이며 미리 그 형식이 정해져 있는 것이기 때문에, 그것에 어울리게 행동하지 않으면 안 된다. 따라서 그런 맞선 자리에 나가게 된 여자의 상상력은 마비될 수밖에 없다.

미래의 남편이 될 남자와 틀에 박힌 맞선을 보는 동안 두려움과 수치심에 억눌린 불쌍한 여자는 상대방 남자를 살필 여유도 없이 자신이 짊어져야 할 부담과 역할만 생각하기에도 벅차다. 그런 것들이 상상력을 죽이는 원인이 된다.

여자는 단지 두세 번 만난 남자와 성당에서 서너 마디의 라틴어로 사랑을 맹세하고 침대에 들어간다. 그런 행위는 2년 동안 열렬히 사랑하던 남자에게 마침내 몸을 허락하는 일보다 훨씬 정숙하지 못한 일이다.

프랑스에서는 종교가 결혼 생활의 모든 죄악과 불행을 가져오는 원천이 되어 왔다. 결혼 전에는 연애할 수 있는 자유를 박탈했고, 결혼 후에는 남편을 잘못 선택했거나 그렇게 하도록 강요당했더라도 이혼을 금지함으로써 불행한 결혼 생활을 지속하게 만들었다.

그러는 동안 이웃 나라 독일에서는 어느 아름다운 귀부인이 최근에 네 번째 결혼식을 했다고 공공연하게 말하고 다니고 있다. 더구나 그 자리에는 세 명의 전남편도 참석했다고 한다.

물론 이것은 극단적인 예이다. 그러나 포악한 남편을 처벌하는 이혼만 자유롭게 할 수 있다면 수많은 가정이 구제될 것이다.

맞선 같은 형식적인 만남이라도 처음 만난 남자가 어딘지 믿음직하면서도 동정심을 일으킬 만한 표정을 하고 있다면 여자는 연애 감정이 싹틀 수도 있다.

# 불같은 연애의 허상
### 난 그 사람이 아니라니깨!

지나치게 예민한 사람은 호기심이 많지만, 극단적인 편견에 사로잡히기도 쉽다. 반면 학교를 갓 졸업하고 사회에 첫발을 내디딘 순진한 젊은이들 중에도 상대 연인에게 극단적으로 몰두하는 경우가 있다.

그처럼 감정의 양극단을 오르내리는 사람들은 감수성이 너무 예민하거나, 반대로 감수성이 너무 없기 때문에 사물을 단순하게 있는 그대로 느끼지 못한다. 뿐만 아니라 사물이 지닌 참된 감각도 맛보지 못한다.

다른 사람이 보기에도 미친 듯이 연애에 빠진 사람, 혹은 발작을 일으키듯이 연애를 하는 사람은 마치 신용대출을 받아서 사랑하는 것처럼, 진정으로 사랑하는 사람이 나타날 때까지 기다리지 못하고 자신의 열정에 못 이겨 스스로 상대방을 정하고 자신이 먼저 몸을 내맡겨 버리고 마는 것이다.

따라서 그런 영혼을 가진 사람은 상대를 있는 그대로 느끼고 경험하기에 앞서, 자신의 상상 속에서 상대방의 매력을 실제보다 확대 포장해 버린다. 때문에 연애 상대의 매력이란, 사실은 자기 머릿속의 끝없는 상상력에서 나온 것일 뿐이다.

그런 사람은 상대를 가까이 경험해 보면서 실체를 제대로 파악할 수 있는 때가 되어도 상대방을 있는 그대로 보는 것이 아니라 자기가 만들어 낸 허상을 본다. 이것은 결국 상대방의 겉모습을 통해서 스스로 만들어 낸 자신의 허상을 느끼고 있는 데 불과하다.

그러나 이처럼 무모한 사랑의 환상에 빠진 사람들도 언젠가는 일방적으로 사랑을 퍼붓는 일에 스스로 지치고 만다. 사랑하는 대상에게 아무리 열렬한 사랑을 퍼부어도 자신에게는 늘 아무것도 돌아오지 않는다는 것을 깨닫게 되기 때문이다.

그렇게 되면 지금까지 상대에게 몰두하던 행동을 멈추고 상한 자존심과 실패의 반동으로 그때까지 자신이 과대평가해 온 대상을 가혹할 정도로 평가절하해 버린다. 대체로 그런 사랑은 서로에게 비참한 결과를 가져올 뿐이다.

# 첫눈에 사랑에 빠지는 여자
### 남들 하는 건 다 해보지 그랬어

첫눈에 반해 사랑에 빠져 본 사람은 상대를 보는 순간 벼락을 맞은 듯한 느낌이었다고 고백한다. 그 말을 믿지 못하는 사람도 있지만 그런 일은 분명히 있다.

나는 베를린 남자들이 그토록 애타게 주위를 맴돌며 구애를 했지만 사랑 자체를 경멸하고 사랑의 광기에 조소를 보내던 빌헬미나라는 여자를 알고 있었다.

그녀는 젊고 아름다웠으며, 지식과 재능은 물론, 막대한 재산도 있었다. 누가 봐도 선망의 대상이 될 조건을 갖춘 여자였다. 그녀는 사교계에서도 신분이 높은 남자들의 호의를 늘 예의 바르게 거절했고, 프러포즈도 단호히 거절했다.

그녀의 태도는 여자의 행실 면에서 본보기가 되었다. 그래서 남자들도 그녀에게 접근을 자제했으며, 사랑도 단념하고 단지 우정만이라도 나눌 수 있기를 바랄 뿐이었다.

그런 빌헬미나가 어느 날 밤 무도회에서 헤르만이라는 젊은 남자와 십여 분 쯤 춤을 춘 후에 갑자기 달라졌다. 그녀는 헤르만에게 완전히 사로잡히고 말았던 것이다. 당시 빌헬미나가 친구에게 보낸 편지에는 이렇게 써 있었다.

"그 순간, 그 남자는 나를 지배해 버렸다. 그를 만나는 행복보다 더 큰 것은 하나도 없었다. 나는 단지 그가 내게 관심이 있을까 그 생각밖엔 없었다. 처음 본 그에게 내가 왜 그렇게 열렬하게 매혹을 당했는지 지금 생각해도 부끄럽다. 그가 내게 '날 좋아하세요?' 하고 물었다면 나는 즉각 '네.' 하고 대답하고 말았을 것이다. 나는 그 순간 내가 혹시 독약을 잘못 먹은 것이 아닐까 하는 생각조차 들었다. 도대체 만난 지 15분도 안 되는 사람을 그리워하다니! 어떻게 그럴 수가 있단 말인가. 나와 춤을 추고 난 후에 그는 왕과 함께 무도장에서 나갔다. 그 순간 나는 깊은 절망에 빠지고 말았다. 집에 돌아온 후에 나는 정열을 가라앉힐 때까지 큰 고통을 겪어야 했다. 친구여, 그날 밤 이후 나는 본래의 정숙한 나의 모습으로 돌아가는 데 얼마나 힘들었는지 모른다."

빌헬미나는 이성적인 자기가 겨우 한 번 만난 헤르만에게 왜 그렇게 빠졌는지 아무리 생각해도 알 수가 없었다. 마침내 그녀는 어떤 불가해한 힘이 자신의 이성을 앗아간 것이라고 생각할 수밖에 없었다. 결국 그녀는 헤르만이라는 남자에게 고백 한 번 못 해 보고 사랑의 열병을 앓다가 독약을 마시고 비참한 최후를 맞고 말았다.

그렇다면 빌헬미나를 그렇게 비참하게 만든 헤르만이라는 남자는 어떤 남자였는가. 그의 매력은 그저 춤을 잘 추고, 쾌활한 성격에 인상이 좋다는 정도였을 뿐, 창녀의 집에 드나드는 가난하고 보잘것없는 남자에 불과했다.

이렇게 여자가 남자에게 첫눈에 반하기 위해서는 무엇보다 여자가 상대방 남자에게 어떤 의심이나 경계심이 조금도 없어야 한다. 그러기 위해서는 여자가 남자에게 의심이나 경계심을 갖는 데 지쳐 있어야 한다. 그리고 이제는 자신에게도 어떤 극적인 사건이 일어나 주기를 바라는 상태가 되어 있어야 한다. 그런 마음을 갖는 순간 첫눈에 홀딱 반하는 일이 일어난다.

# 여자의 무모한 사랑
## 상상보다는 실전에 나섰어야지

빌헬미나라는 여자는 자기는 의식하지 못하고 있었지만 너무 오랫동안 남자에게 의심과 경계심을 가져왔던 것이다. 그래서 오랜 기간 연애 감정을 느껴 보지 못한 무료한 상태에 지쳐 있었다.

게다가 그녀는 사회적 관습에 저항하여 이룰 수 없는 사랑에 성공한 여자들의 얘기를 들으면서, 별것도 아닌 자존심 때문에 외롭게 살아가는 자신의 모습이 불만스러워진 것이다.

이런 상황까지 오게 된 여자는 자신도 모르는 사이에 이상적인 남자의 모습을 마음속에 품게 되는데, 바로 그때 이상형에 가까운 남자가 나타나면 갑자기 정신을 못 차리게 된다. 그리고 여자는 곧 그를 운명적인 남자로 여기게 되면서 연애의 결정작용을 시작한다.

그런 상황에 빠지는 여자는 영혼이 너무 고결하기 때문에 사랑을 시작하면 곧 정열적 연애에 빠지게 된다. 차라리 다른 여자들처럼 남자 앞에서 교태라도 부릴 수 있는 성격이라면 불행한 사태는 피할 수도 있었을 것이다.

그처럼 여자가 남자를 보고 첫눈에 반하는 일은 종교와 도덕의 억압에 대한 반발에서 오기도 하지만, 순결을 지켜야 하는 단조로운 생활이 가져온 권태의 결과이기도 하다.

하지만 일반적으로 여자가 남자를 보고 첫눈에 반하는 일은 아주 드문 법이다. 나중에 맘에 드는 남자가 나타나면 어떤 식으로 사랑을 하겠다고 미리 마음을 먹고 있더라도 자신의 사회적 지위나 처지를 생각하면 첫눈에 반하는 일은 쉽게 일어날 수가 없다.

특히 남자 문제로 불행한 경험을 많이 겪었거나 남자에게 의심과 경계심이 많은 여자는 첫눈에 반하는 영혼의 혁명을 절대

로 경험할 수가 없는 법이다.

　그와 반대로 전부터 친구가 어떤 남자를 흠모하며 칭찬하는 얘기를 들어 왔던 여자는 그 남자를 보는 순간 첫눈에 반할 확률이 아주 높아진다. 친구의 얘기를 통해서 이미 그 남자에게 매혹될 준비가 되어 있었기 때문이다.

　여기서 주의해야 할 일이 하나 있다. 처음 보고 마음에 들었다고 해서 첫눈에 반했다고 착각하는 경우이다. 감성이 풍부하지 못한 여자가 삭막한 삶에 권태를 느낀 나머지, 어느 날 밤 우연히 만난 한 남자를 자신의 운명이라고 생각하는 경우가 있다. 그리고는 그때까지 줄곧 상상해 온 위대한 영혼의 충돌을 경험했다고 자랑스럽게 여기는 실수를 저지르지 말라는 뜻이다.

　영리한 남자들은 그런 착각에 빠진 여자의 심리를 꿰뚫고 있을 뿐만 아니라, 그 상황을 자신이 원하는 대로 이용할 수도 있다는 점을 잊어서는 안 된다.

　육체적인 사랑도 첫눈에 반한다. 그러나 이런 경우는 그 남자를 며칠 못 만나거나 남들이 그에 대해 좋지 않게 평가하는 말을 들으면 그런 감정은 곧 사라지며 나중에는 아예 쳐다보기도 싫어진다.

# 여자 앞에서 쩔쩔매는 남자
## 제가 하려던 말은 그게 아니고…

오후에 데이트 약속을 해 놓으면 아무것도 못하고 안절부절못하면서 시계만 계속 쳐다보는 남자가 있다. 도무지 손에 일이 잡히지 않고, 마음이 들떠서 몹시 서성대는 것이다. 그는 이 일 저 일 해보지만 결국 다 내동댕이친다. 그리고 계속 시계만 본다.

그런데 그런 남자들은 막상 그 여자가 제시간에 나타나지 않으면 실망하기보다는 안도의 숨을 내쉰다. 여자가 약속 시간에 늦은 것을 유감이라고 생각하는 것은 나중 일이다. 약속을 기다리는 동안의 괴로움이 그런 아이러니한 심리를 만든 것이다.

사람들은 이런 일 때문에 사랑을 부조리한 것이라고 말하는 것이다. 남자의 그런 심리 상태는 여자와의 순간순간을 행복으로 수놓았던 상상력이 갑자기 냉정한 현실 세계로 끌려나오면서 돌발적으로 발생한 것이다.

감성적인 남자는 여자를 만났을 때 조금이라도 주의력을 잃고 방심하거나 용기를 잃으면 연애에 실패하기 쉽다. 그것도 자존심이 매우 상한 상태로 말이다. 이어 '나는 바보다. 용기가 없다.'고 스스로를 자책한다. 그런 남자는 사랑의 열정이 조금 식어야 상대에게 용기도 낼 수 있는 것이다.

그런 남자는 아무리 정신을 집중하고 용기를 내어도 결국 쓸
데없는 말을 하거나 자기 생각과는 정반대의 말이 튀어나와서
실수하기가 쉽다. 더욱 안타까운 것은 그런 남자는 대체로 자신
의 감정을 너무 과장하기 때문에 그런 모습이 세련된 여자의 눈
에는 우스꽝스러워 보인다는 점이다.

남자는 자기가 여자 앞에서 호기롭게 말을 못 하고 주의를 집
중해서 조리 있게 말을 못 한다는 것을 스스로도 잘 인식하고 있
기 때문에 자기 의지와는 상관없이 말을 꾸며대거나 과장하게
되는 것이다.

그러면서도 둘 사이에 침묵이 흐르면 견디지 못하기 때문에
말을 하지 않을 수도 없게 된다. 그래서 자신이 실제로 느끼지도
않은 것을 느낀 것처럼 꾸며내서 말하기 때문에 여자가 잘못 알

아듣고 다시 한 번 말해 보라고 하면 당황하게 된다.

이렇게 사랑하는 여자와의 만남이 엉망이 되면 남자는 '차라리 만나지 말자. 마음속으로만 사랑하는 것이 훨씬 낫겠다.' 는 모순된 생각까지 하게 된다.

그것은 전쟁터에서 군인이 죽음의 공포에서 벗어나기 위해 오히려 물불 가리지 않고 적진의 포화 속으로 뛰어드는 심정과 무엇이 다른가. 게다가 자신이 계속해서 바보 같은 말만 지껄여 댄 것은 모두 침묵을 견딜 수 없어서였다는 것을 생각하면 절망을 느끼게 된다.

따라서 감성적인 남자의 연애 스타일이 그렇다는 것을 알고 있는 여자라면, 자기에게 진정한 열정을 퍼붓는 남자와 단순히 바람이나 피우기 위해 접근하는 남자를 구별해 낼 수 있을 것이다. 또한 감성적이고 정이 많은 남자와 이성적이고 냉정한 남자도 확실히 구별할 수 있을 것이다.

## 얌전한 여자들의 남자 유혹법
### 제 마음을 읽으셨죠?

무엇을 말하는 듯한 눈빛, 그것이 바로 정숙한 여자들이 남자를 유혹하는 최고의 무기이다. 눈으로는 무엇이든지 말할 수 있다. 하지만 동시에 언제든지 그것을 부정할 수도 있다. 그때의 눈빛을 그대로 재현한다는 것은 불가능하기 때문이다.

내가 아는 한 정치가는 모든 것을 말하면서 실은 아무 말도 하지 않는 것처럼 띄엄띄엄 말하는 화법을 배웠다. 그래서 사람들은 그가 무슨 말을 했는지 알 수 있었지만, 아무도 그의 말을 그대로 되풀이할 수는 없었기 때문에 꼬투리를 잡을 수가 없었다.

나는 그가 자신의 화법을 여자한테서 배웠고, 그것도 가장 정숙한 여자에게서 배운 것이라고 감히 말하고 싶다.

아무리 순진한 여자라도 그 방법을 쓸 줄 알고 있다. 이 교활한 방법이야말로 남자들의 횡포에 대한 잔혹하고도 정당한 복수일지도 모른다.

# 감성적인 남자와 이성적인 남자
## 다 잡은 고기를 놓치는 바보로군

　연애를 하면 감성적인 남자는 손해를 보고 이성적인 남자는 이득을 본다. 이성적인 남자는 평소에 부족했던 자신의 감성적인 부분이 채워져서 여자와 균형 감각이 맞지만, 감성적인 남자는 안타깝게도 더 한층 감성적인 애정이 끌어올라 미칠 것 같은 상황에 빠지기 때문에 실패할 수밖에 없다.

　게다가 감성적인 남자는 자신의 열정과 흥분을 숨기는 데 정신이 빼앗겨 이성적으로 행동할 여유가 없어진다. 감수성이 예민하고 자존심이 강한 남자는 사랑하는 여자 앞에서 조리 있게 말하기가 힘들다. 실수나 실패에 대한 두려움이 강하기 때문이다.

　반대로 감수성과는 거리가 먼 남자는 성공의 기회를 정확하게 포착하며, 머뭇거리지 않는다. 오히려 자신의 속물근성을 자랑하면서 단순한 말도 제대로 못 하고 다 잡은 고기를 놓친 남자를 바보라고 비웃는다.

　여자와 만날 때 굳이 다른 남자들처럼 여자를 재미있게 해 주려고 애쓸 필요는 없다. 잘 되지도 않는 말을 자꾸 하면 할수록 주눅이 든 것처럼 보이거나 믿음직스럽지 못하게 보일 뿐이다.

　15분 전에 있었던 일을 되짚어 이야기하거나 일부러 재밌게 이야기하려고 애쓸 필요 없이, 솔직하게 그때그때 느낀 것을 표현하면 되는 것이다.

그러나 그렇게 하지 못하고 지나치게 무리를 하기 때문에 얘기가 제대로 안 되고 실감도 나지 않는다. 기억도 혼돈 상태이기 때문에 제대로 말한 것 같지만, 사실은 바보 같은 말만 늘어놓게 되는 것이다.

이렇게 한 시간 넘어 헤맨 끝에 이제 좀 적응이 되어 사랑하는 여자와 즐거운 시간을 보내려고 하면 이미 헤어질 시간이 되는 경우가 허다하다.

사랑에 빠진 남자의 말은 횡설수설인 경우가 많다. 따라서 대화의 한 부분만을 놓고 성급한 결론을 내리는 것은 현명치 못하다.

그런 남자들은 우연히 내뱉은 말로 자신의 감정을 표현할 수밖에 없는 상태에 있다. 그때의 말 한 마디는 사랑의 울부짖음인 것이다.

따라서 그 남자와 나눈 대화의 전체적인 분위기로 그를 판단해야 한다. 자신이 몹시 흥분되어 있으면 상대의 감정까지 신경 쓸 여유가 없다는 점을 생각하고, 그를 이해해야 한다.

# 여자가 원하는 연애 상대
## 1+1은 2가 아니라고요?

여자들은 어떤 특정한 분야에서는 놀라운 통찰력과 판단력을 발휘하면서도, 동시에 바보 같은 사람을 지나치게 칭찬하거나 사소한 일에 감동해서 눈물을 흘리는가 하면, 평범한 행위나 태도를 훌륭한 것으로 높이 평가하기도 한다.

남자들은 여자들의 그런 측면을 이해하지 못한다. 그래서 여자들에게는 남자들이 모르는 어떤 일정한 심리적인 공식이 있을 것이라는 추측을 해볼 뿐이다.

여자들은 어떤 남자의 한 가지 장점에 마음이 빼앗기면 다른 것들은 별로 신경을 안 쓰는 묘한 특성이 있다.

소위 똑똑하다는 여자에게 저명한 남자들을 소개하는 장면을 많이 지켜보면서, 여자가 남자의 첫인상을 결정할 때는 늘 대수롭지 않은 선입견에 의존한다는 사실을 깨달았다.

그래서 한번은 일부러 어떤 여자에게 남자를 소개해 주면서 그 남자에게 나쁜 첫인상을 갖도록 하기 위해 거짓말을 했다. 그 남자는 똑같은 넥타이를 이틀씩이나 계속 맨다고 꾸며대면서, 이틀째는 넥타이를 뒤집어 매기 때문에 옆으로 주름이 나 있을 것이니 잘 살펴보라고까지 주의를 준 적이 있었다.

그 여자가 내 말을 듣고 난 후에 그 남자를 만났으니 만남이 순조롭지 않았을 거라는 생각을 했다. 그런데 놀랍게도 그 여자는 그 남자와 사랑에 빠지고 말았다.

서로 성격도 잘 맞고 매우 낭만적인 여자였기 때문에 그들이 잘 되었는지는 모르지만, 아무튼 남자를 판단하고 선택하는 여자의 기준은 도무지 종잡을 수 없을 때가 많다.

# 좋아하는 여자 공략법
## 제 곁을 지켜 주세요

여자는 인간 마음의 미묘한 변화를 매우 잘 감지하고, 애정의 뉘앙스를 잘 구별하며, 자존심의 미세한 움직임까지도 포착해 내는 능력을 가졌다. 이런 것들을 감지해 내는 감각 기관을 여자들만 따로 갖고 있는 것은 아닌가 하는 생각이 들 정도이다.

그 대신 여자는 정신 작용에서 지성이 감성 못지않게 중요하다는 것을 잘 모른다. 나는 여자들이 지성적인 남자들에게 감탄하는 것을 별로 본 적이 없다. 지혜로운 여자들조차도 지적인 남자와 얼간이 같은 남자에게 똑같은 찬사를 보낸다.

마치 최상급의 다이아몬드를 인조 다이아몬드라고 말하거나, 인조 다이아몬드도 크기만 하면 무조건 좋다고 달려드는 것 같은 어이없는 느낌을 받기도 했다.

하지만 나는 이런 여자들의 마음 때문에 오히려 용기를 얻었다. 그렇다면 어떤 스타일의 남자라도 좋아하는 여자가 나타나면 망설이지 말고 일단은 도전이라는 것을 해보는 것이 좋다는 결론을 내리게 된 것이다.

왜냐하면 누가 봐도 최상의 연애 상대라고 할 수 있는 남자가 여자에게 차이는가 하면 지저분한 수염에 조리 없는 말투로 맹세만 거듭 반복하는 보잘것없는 남자가 연애에 성공하는 경우도 많았기 때문이다.

내가 보기에 남자들은 여자들이 어떤 남자를 가장 좋은 연애 상대로 생각하는지 잘 모르는 것 같다. 그 이유는 남녀의 차이 때문이다.

남자는 모든 활동이 두뇌에서 나오지만 여자는 심장에서 나온다. 여자가 남자보다 감수성이 예민한 것은 그 때문이다. 남자는 자기가 하는 일에 몰두하면서 위로를 얻지만, 특별한 직업이 없는 여자들이 위로를 얻는 것은 고작 오락거리밖에 없다.

그래서 여자는 지적인 남자와 사귀면서 소외되거나 외로워하기보다는 별 볼일 없는 남자라도 자기 곁을 지켜 주는 남자를 선택하는 것이다.

# 순결의 비밀
## 엄마한테 배웠어요

오래 전 아프리카 남동쪽 인도양에 있는 마다가스카르에 살던 원주민 여자들은 도시 문명에서 사는 사람들이 숨기는 신체 부위를 아무런 부끄러움 없이 드러내놓고 살았다. 그런데 놀랍게도 그곳에서는 팔이 드러나면 큰 수치심을 느껴 죽기까지 했다는 것이다.

이런 예를 보면 여자에게 '수치심'이라는 것은 후천적으로 생겨난 것이지, 자연적인 근거가 있는 것은 아니다. 따라서 순결 역시 문명 사회에서 생긴 개념이며, 이 순결은 문명 사회에서 연애를 보호하며 지속시키는 도구가 되었다. 반대로 말하면 원시 사회에서는 순결이라는 말이 통용되지 않았을 것이란 뜻이다.

연애는 문명의 기적이다. 원시 시대의 미개인들에게는 연애 감정이라는 것이 존재하지 않았다. 단지 종족 본능이나 성욕 충족의 육체적 행위밖에 없었다. 여자들의 정숙이나 순결은 어려서 어머니가 딸에게 주입시킨 교육이었다.

그래서 순결에 길들여진 영혼은 부끄러움에 사로잡혀 욕망을 돌보지 않으며 욕망을 억제하게 되었다. 이렇게 해서 여자는 미래 애인의 행복을 미리 준비하는 것이다. 그러나 사람을 행동으로 이끄는 것은 욕망이다.

분명한 점은 순결에는 중용이란 것이 불가능하다는 것이다. 그래서 기품 있는 여자들은 늘 냉담한 태도를 고수한다. 그런데 아무 생각 없이 자존심만 센 여자는 순결을 지키면 지킬수록 좋은 것이라고 생각한다.

1800년대 영국 여자들은 자기 앞에서 속옷 이름을 거론하는 것조차 모욕을 당하는 일로 여겼다. 또한 여자들은 별장에서 파티가 끝나고 남편과 잠을 자러 갈 때도 남의 눈에 띄지 않게 지극히 조심했다. 또한 남편 이외의 외간 남자 앞에서 너무 떠드는 것도 정숙하지 못한 짓이라고 생각했다.

그 당시 영국 남자들이 가정에 별 흥미를 못 느꼈던 것은 여자들이 지나치게 정숙했기 때문이 아니었을까 생각한다. 하지만 그것은 자업자득이었다. 왜 그렇게 자존심을 내세워야만 했을까.

# 순결의 가치
### 죄가 두려워 꽃을 피우지 않는 나무는 없어

정숙과 순결이라는 미명하에 여자가 갖게 된 장점은 아주 많다. 지극히 평범한 여자도 정숙한 태도를 과장하면 훌륭한 여자로 대우받을 수 있다.

정숙의 힘은 이처럼 강력하다. 여자는 애인에게 말보다 행위로 깊은 마음을 전할 수 있는 것이다.

한 여자가 내게 이런 말을 한 적이 있다.

"제가 언젠가 결혼하게 되면 그 남자는 내가 지금까지 사소한 일에서도 얼마나 신중하고 정숙하게 행동해 왔는가를 알고 나를 더욱 사랑하게 될 것이라고 생각해요."

이런 말을 한 여자가 정말 그런 남자를 만나게 될지는 모르겠지만, 그렇게 매력 있고 아름다운 여자가 언젠가 미래에 만날 남자를 위해서 현재 만나고 있는 남자에게 냉담하게 구는 일이 잘하는 일일까 하는 의문이 생긴다.

이것이 바로 '정숙'이라는 관념이 만들어 낸 첫 번째 과장된 행동이다. 그리고 두 번째 과장된 행동은 여자의 자존심에서 나오고, 세 번째 과장된 행동은 남편의 자존심을 위해서 나온다.

그러나 우리 영혼은 사랑을 하도록 만들어져 있다. 이렇게 조

물주가 만들어 놓은 영혼이 사랑을 하지 않는다는 것은 자신과 타인에게서 커다란 행복을 빼앗는 일이 된다. 그것은 죄가 두려워서 꽃을 피우지 않는 오렌지나무와 같은 것이다. 사랑을 하도록 만들어진 영혼은 사랑 이외의 것에서는 행복을 느낄 수 없다는 걸 명심해야 한다.

사랑을 하고 있지 않으면 처음에는 달콤했던 세상의 온갖 즐거움도 얼마 후에는 견딜 수 없이 공허하게 느껴진다. 예술이나 자연의 숭고한 아름다움을 사랑하고 있는 듯한 착각에 빠질 때도 있지만, 이것 역시 연인에 대한 사랑으로 돌아가거나 전보다 더 사랑을 갈구하게 되는 전 단계에 지나지 않는다.

그리고 곧 이 모든 것들이 자신이 포기하려고 했던 연애의 행복을 속삭이고 있다는 것을 알게 된다.

# 정숙한 여자가 손해보는 것
## 난 절대 숍 없이는 외출할 수 없어요

첫째, 여자는 적은 것을 위해 너무 많을 것을 걸고 있다. 정숙한 모습을 보이려면 늘 신중해야만 하고 때때로 위선적인 행동도 해야 한다. 예를 들면 아무리 재미있는 일이 있어도 남들처럼 자지러지게 웃지도 않는다.

둘째, 여자는 자신의 정숙함 때문에 남자가 자신을 더 사랑해주리라 믿는다.

셋째, 참을 수 없이 강렬한 열정의 순간도 정숙함을 유지하려는 여자를 이길 수는 없다.

넷째, 정숙은 사랑하는 남자에게 자부심이라는 쾌락을 준다. 여자가 그동안 지켜온 정절을 자신에게 바친 것을 자랑스럽게 생각할 것이다.

다섯째, 또한 여자에게도 큰 쾌락을 준다. 뿌리 깊게 지켜온 습관을 깬 순간 여자는 그만큼 큰 쾌락을 느낀다.

여섯째, 정숙은 늘 거짓말을 하게 만든다.

일곱째, 지나친 정숙과 그에 따르는 엄격한 생활 습관은 내성적이고 섬세한 여자가 연애를 시작할 용기를 꺾어 버린다. 그런 여자들이야말로 남자에게 사랑의 기쁨을 주고 자신도 사랑의 기

뻠을 만끽할 수 있는 사람인데 말이다.

여덟째, 연애를 별로 안 해본 여자는 정숙해야 한다는 생각 때문에 남자를 만나도 편하게 행동하기가 힘들다. 그래서 어딘지 어색하고 자연스럽지가 못하다. 또한 연애 경험이 많은 여자 친구들이 시키는 대로 끌려가기 쉽다. 때로는 이런 여자가 남자의 팔에 다정하게 기대 오는 경우도 있지만, 이것은 애정 표현이라기보다는 재미있는 화제를 찾는다거나 남자에게 말을 거는 것이 성가시기 때문에 차라리 그렇게 하는 것이다.

아홉째, 여류 작가는 숭고한 이념을 다룬 대작을 쓰기보다는 사소한 편지 같은 글을 쓰는 경향이 많다. 그것은 여자가 반쯤만 솔직해지려고 하기 때문이다.

여자에게 솔직해진다는 것은 슐 없이 외출하는 것과 비슷하다. 그러나 남자는 글을 써도 상상력이 지시하는 대로 어떻게 진행되는지도 모르면서 마구 써 내려가는 일이 허다하다.

남자가 여자를 만나면서 흔히 저지르는 잘못은 여자를 남자와 똑같은 종류의 사람이라고 생각하고 있다는 점이다. 다른 점이 있다면 여자는 남자보다 관대하며, 마음이 변하기 쉽고, 절대로 남자의 경쟁 상대가 될 수 없는 정도뿐이라고 착각하는 것이다.

그러나 여자는 남자가 갖지 못한 특징이 있다. 여자의 자존심과 정숙함, 그리고 그 정숙함에서 발생하는 이해할 수 없는 갖가지의 행동과 습관들. 이것이 여자에게 있다는 것을 잊어서는 안 된다.

## 여자의 자존심
### 차라리 연애를 안 하겠어!

여자는 남자들에 비해 사회적으로 중요한 문제에서 늘 소외되어 왔다. 여자도 정치나 경제 같은 비중 있는 일에서 충분히 능력을 발휘할 수 있고, 중대한 결단을 내릴 수 있는데도 불구하고 사회에서는 그 몫이 늘 남자들의 차지였다.

더구나 여자보다 보잘것없는 남자도 단지 남자라는 이유 하나만으로도 사회에서 존경받는 경우가 많았다. 그러나 여자는 늘 사소한 일이나 감정과 관련된 문제 혹은 사회적으로 인정받을 수 없는 일에만 관여해 왔던 것이다.

이처럼 허망한 자신의 운명과 슬픈 현실에 괴로워하던 여자는 자기 감정이 원하는 것, 혹은 연인들이 원하는 수준을 끝내 양보하지 않음으로써 자기 자존심이 존경받도록 노력해 왔다.

때문에 그처럼 자존심이 강한 여자들은 남자들이 성관계를 갖기 전에 욕망을 채우기 위해 온갖 수작을 부린다고 상상한다. 남자는 여자에게 그저 사랑하는 마음을 표현하려는 것 외에 딴 의도는 없는데도 여자는 제멋대로 상상하면서 남자들의 행동에 화를 내는 것이다. 그런 여자는 남자의 사랑을 즐기는 대신 그와는 반대로 지나치게 자신의 자존심만을 내세우는 것이다.

요컨대 아주 부드럽고 다정한 여자도 자신의 감정을 상대에게 완전히 집중시키기 전, 연애가 막 시작될 무렵에는 도도한 자존심만 내세우게 된다는 것이다.

애인을 위해 목숨까지도 내던질 수 있는 여자가 웬일인지 자존심 싸움을 시작하면 문이 열려 있나 닫혀 있나 하는 사소한 일로도 애인과 영원히 헤어지기도 한다. 그만큼 여자에게는 자존심이 중요하다. 하긴 나폴레옹도 작은 마을 하나를 적에게 내주지 않으려다가 전쟁에서 진 일도 있었다.

여자의 성격이 고매하면 고매할수록 자존심을 지키려는 노력은 더 커진다. 또한 평소에 애인의 훌륭한 성격을 좋아하고 있으면 있을수록, 공감이 사라진 듯한 잔인한 순간에는 그가 다른 남자보다 훌륭했다고 생각해 왔던 것이 억울해서 복수를 하려고 하는 것 같다. 자신도 그렇게 한심한 남자들과 똑같은 수준이 될까 두려운 것이다.

# 여자의 자존심을 지켜 주는 법
## 내가 죽으라면 죽는 척이라도 해

만일 자존심이 강한 여자와 함께 있다가 다른 남자와 시비가 붙었다면 반드시 싸워야지 그저 웃으며 넘어가서는 안 된다. 그렇게 되면 자존심 강한 여자는 매우 불쾌해하고 당신을 비겁한 남자라고 비난하게 될 것이다. 그래서 그런 여자와 계속 사귀려면 일부러라도 이웃과 가끔씩 싸움을 벌여야 할 판이다.

한편, 자존심이 강한 남자를 통해서 자신의 자존심을 보호받으려는 여자들도 있다. 런던의 한 유명한 여배우가 갑자기 자신의 후원자인 대령의 방문을 받았다. 그런데 그때 그녀는 마침 친구 관계에 불과한 남자와 함께 있었다. 여배우는 당황해서 대령에게 말했다.

"제가 팔려고 내놓은 말을 보러 온 분입니다."

그러자 그 남자친구가 딱 잘라서 대답했다.

"아닙니다. 저는 그런 일로 여기 온 것이 아닙니다."

여배우는 그 말을 듣는 순간 갑자기 남자친구에게 열렬한 사랑을 느끼기 시작했다. 이런 여자는 스스로 기품 있게 보이기 위해 애쓰기보다 애인의 자존심에 공명함으로써 자기 만족을 얻는 여자였던 것이다.

첫 만남에서 남자를 잘못 판단하는 여자들도 많다. 어떤 여자들은 모든 것을 간파하고 있을 뿐만 아니라 쓸데없는 일에 별로 동요하지 않는 남자들을 보고 냉담하다고 생각한다. 그러나 위인은 매와 같다. 매는 높이 오르면 오를수록 보이지 않게 되고, 그 위대성은 영혼의 고독이라는 죄악을 받게 된다.

이 같은 여성의 자존심 때문에 '남자들은 섬세함이 부족하다'는 비난을 듣게 되는 것이다. 이것은 왕에게 저지르는 불경죄와도 비슷하다. 자칫하면 저지르게 되는 죄인 만큼 남자들은 정신을 바짝 차려야 한다.

아무리 다정한 남자라도 웬만큼 주의하지 않으면 섬세함이 부족하다는 비난을 받는다. 남자가 사랑하는 여자에게 아주 자연스럽게 대하고 남들 말에 신경을 쓰지 않아도 여자는 똑같이 비난을 한다.

여자들의 이러한 태도를 남자들은 곧잘 이해하지 못한다. 남자들은 그동안 동성 친구와 동등하고 솔직하게 교제해 온 습관이 붙었기 때문이다. 따라서 이런 여자의 자존심과 관련된 심리와 행동을 많이 경험해 보아야 한다.

남자가 항상 잊어서는 안 될 일이 하나 있다. 여자는 자신이 남자보다 성격이 강하지 못하다고 생각하거나 또는 남자가 자신을 그렇게 생각할 것이라고 믿고 있다는 점이다.

여자는 자신이 남자의 감정을 얼마나 지배하고 있는가에 진정한 자존심의 가치를 두어야 한다.

프랑스의 한 여자는 애인이 바람이 나서 사람들에게 놀림을 받았다. 남자는 그녀를 그다지 사랑하지 않는다는 소문도 돌았다. 얼마 후 그 남자는 병에 걸려 벙어리가 되었다. 그래도 여전히 그녀가 그 남자를 사랑하고 있는 것을 사람들이 이상히 여겼다. 그녀는 남자에게 사실을 "말하라"라고 하자 비로소 남자는 말을 시작했다.

# 남자들이 흔히 저지르는 잘못
## 왕에게 불경죄를 저지르면 어떻게 되지?

여기서 우리는 확실하게 정리해 둘 대목이 있다. 남자는 여자가 관대하고 정직하며, 동시에 마음이 쉽게 변하기 때문에, 경쟁 상대가 될 수 없다고 생각하고 무시한다. 그러나 이것은 큰 잘못이다.

여자에게는 남자가 가장 경계해야 할 두 가지의 법칙이 있다. 그것은 바로 자존심을 건드리지 말아야 한다는 점과 수치심을 자극하지 말아야 한다는 것이다.

여자가 자신의 자존심을 지키기 위해 하는 행동들이 남자로서는 도무지 이해가 되지 않더라도 그것을 포용할 수 있어야 한다.

# 여자의 불가사의한 힘
## 당신만 있으면 슈퍼우먼도 될 수 있어요

그대, 오만한 기사여, 내 그대에게 말하노라.
그대가 치열한 전쟁터에서 보이는 숭고한 용기일지라도
사랑 때문에, 의무 때문에
고난을 견디는 여성의 용기에는 미치지 못하느니라
― 『아이반호』 중에서 ―

어느 역사서에는 "남자는 모두 이성을 잃고 당황하고 있었다. 여자가 남자보다 단연 우월함을 보이는 것은 바로 이때이다." 라는 말이 있다.

여자에게는 남자가 갖지 못한 특별한 용기가 있다. 여자는 자기 보호자로 자처하면서 자존심을 상하게 했던 남자가 위험에 처해 있을 때 그를 구해 주면서 자기 힘에 큰 긍지를 느낀다.

그리고 그 에너지가 남자의 공포심을 덜어 준다. 위험한 순간에 여자의 도움을 받아 본 남자는 그 후부터 두려움을 모른다. 공포는 위험 그 자체에 있는 것이 아니라 사람의 마음속에 있기 때문이다.

위험한 순간이 왔을 때 남자보다도 훨씬 용감한 여자들이 있다. 여자에게는 오직 사랑하는 남자만 있으면 된다. 여자는 모든 일을 애인을 통해서 느끼기 때문에, 눈앞에 닥친 위험도 애인 앞에서는 한 떨기 장미꽃을 따는 일로밖에 보이지 않는다.

이보다 더욱 놀라운 일은 자기 애인과 싸우면서 보여 주는 그 참을성이다. 이처럼 자연스럽지 않고 괴로운 행동이 또 어디에 있겠는가. 이것은 아마도 정숙함을 지키려는 습관에서 비롯된 것이리라.

여자의 불행 가운데 하나는, 그들의 용기가 늘 행복과 반대되는 쪽으로 사용된다는 것이다. 무모하게도 남편에게 사랑하는 사람이 있다고 고백해 버린 끝에 남편이 자살하고 만 클레브 공작부인도 더 늙은 후에 자신의 인생을 돌아보면 자존심에서 얻는 기쁨이 얼마나 비참한 결과를 가져왔는가를 깨닫고 후회했을 것이다.

어쩌면 여자는 끝까지 자신을 지킬 수 있다는 자존심으로 삶을 지탱해 나가는 것 같다. 그리고 남자는 허영심 때문에 자신을 손아귀에 넣으려고 한다고 느끼는 것 같다. 그러나 아무리 말도 안 되는 상황이라도 기꺼이 뛰어드는 열정적인 남자가 허영심 같은 것을 생각할 겨를이 어디 있겠는가. 여자들의 그런 생각은 악마를 쫓을 생각으로 고행을 하고 있는 수도사와 같이 너무 인색한 것이다.

# 남의 말에 신경 쓰는 여자
## 그런 짓을 하고 어떻게 얼굴 들고 다닐래?

여자들은 특유의 자존심 때문에 바보에게 당한 것을 똑똑한 남자에게 분풀이하고, 재산이나 힘을 자랑하는 남자에게 당한 것을 고매한 영혼을 가진 남자에게 복수한다.

자존심과 체면에 사로잡혀 불행에서 벗어나지 못하는 여자가 있다. 거기다 친척들의 허세까지 가세하여 한 여자를 불쌍한 처지로 몰아넣는다.

한 여자에게 어떤 불행도 극복할 수 있는 정열적인 사랑이 운명적으로 찾아올 때가 있다. 그런데 그런 남자가 다가와도 여자는 자신의 가족과 친척들의 허세에 눌려 스스로 불행을 선택한다. 이것은 정말 말도 안 되는 일이다. 자기에게 남겨진 단 하나의 행복을 포기하고 자신을 사랑해 주는 남자까지 불행하게 만드는 일이기 때문이다.

자기는 남들이 다 알도록 떠들썩하게 열 번씩이나 연애를 했고, 그것도 동시에 여러 명을 상대했던 여자 친구들도, 막 진정한 사랑을 시작하려는 여자에게 "그런 식으로 연애를 하면 세상에 얼굴 들고 다니기 힘들다"고 점잖게 타이른다.

그 충고를 받아들여 아무리 조심해 봤자 세상 사람들은 믿지 않는다. 사람들의 입방아란 원래 그렇게 저속한 것이다. 그래서 섬세하고 순결한 천사 같은 여자가 뻔뻔스럽고 통속적인 여자들의 말에 넘어가 단 한 번뿐인 행복의 기회를 놓치게 된다. 이런 선택은 100년 전부터 장님이었던 재판관(세상 사람들)이 "저 여자는 검은 옷을 입고 있다."라고 소리치는 법정에 눈이 부시도록 흰옷을 입고 출두하기 위한 짓일 뿐이다.

# 인간을 성숙하게 하는 연애
## 인생의 가장 아름다운 반쪽이여!

사랑에 깊이 빠져 있었던 한 친구가 말했다.

"루터가 종교개혁으로 중세 말기의 사회를 뿌리부터 뒤흔들어 세계를 합리적인 기초 위에 다시 세웠듯이, 고귀하고 고상한 영혼은 사랑으로 다시 만들어지고 단련되는 것이지. 그래야만 비로소 인생의 모든 유치하고 철없는 감정에서 벗어날 수 있다네.

사랑을 경험하고 난 후에야 나는 비로소 위대한 성품에 도달할 수 있는 방법을 배웠다네. 사랑을 하기 전까지 나는 보잘것없는 인간이었지. 그래서 스스로를 위대하다고 생각하고 싶었던 거야.

연애는 인간의 영혼을 구원하는 것이라네. 청춘의 시기가 지나면 세상일은 관심도 없어지고 공감할 만한 일들도 없어지지. 어릴 때 친구들은 죽거나 뿔뿔이 흩어져 버렸고, 곁에 남은 자들은 늘 한 손에 잣대를 쥐고 늘 이해와 허영심을 재고 있는 멋대가리 없는 작자들뿐이야. 섬세한 영혼은 돌보지 않고 방치해 버리기 때문에 점차 불모지가 되어 가고, 서른 살도 채 되기 전에 감미롭고 부드러운 감정들은 느끼지 못하게 되어 버리는 거야.

이 불모의 사막 한가운데에 젊은 시절보다 더 풍부하고 신선한 감정의 샘을 솟아나게 하는 것이 하나 있지. 그것이 바로 사랑이라네. 젊은 시절의 희망은 막연하고 변덕스럽고 새로운 것만 찾아서, 어제 찬미한 것도 오늘은 쳐다보기도 싫어지는 경우가 허다했지. 무엇에고 몸을 바치는 일도 없었고, 영원히 지속되는 강한 욕망도 없었어.

그러나 연애를 해 보니, 사랑만큼 명상적이고 신비하며, 영원히 그 대상과 하나가 되는 것은 없더군. 사랑하는 여자와 관계 있는 것은 모두 마음을 감동시키는 거야. 세상 모든 것이 심드렁했었는데, 이제는 애인의 집 가까이 있는 성문의 이름만 들어도 가슴이 뛰네."

아직도 정열적으로 연애를 해 보지 않은 남자들이여, 인생의 가장 아름다운 나머지 반쪽을 결코 놓치지 말고 즐기라.

# 스킨십이 연애에 미치는 영향
## 키스하는 순간 영혼이 빨려들어갔소

　사랑하는 여자의 손을 처음으로 잡는 순간만큼 행복한 순간도 없을 것이다. 이 순간의 행복은 영혼이 느끼는 행복일 것이다. 이에 반해 육체관계에서 느끼는 행복은 훨씬 현실적이자 오히려 남들의 농담거리가 되기 쉽다.

　정열적인 사랑에 빠진 사람들에게는 남녀간의 정사 그 자체는 그다지 큰 행복이 되지 않는다. 오히려 그 단계에 이르기 위한 과정과 마지막 단계에서 더 큰 행복을 느끼게 된다.

　모티머라는 청년은 제니라는 아가씨를 사랑하고 있었다. 모티머는 여행 중에 제니에게 편지를 보냈지만 그녀는 답장이 없었다. 속이 탄 모티머는 여행에서 돌아오자마자 제니를 찾아갔다. 아카시아 숲을 산책하고 있던 제니는 손을 내밀어 그를 기쁘게 맞아 주었고, 그 순간 모티머는 자신이 사랑받고 있다고 느꼈다.

　그러나 그 후에 제니는 다른 남자와 사랑에 빠졌다. 내가 모티머에게 "제니는 자네를 사랑하지 않았던 것이네."라고 말하자, 그는 그녀가 자신에게 손을 내밀었던 행위를 사랑의 증거로 내세웠다. 하지만 그 이상의 증거는 대지 못했다.

　그는 그 후로도 아카시아 숲만 보면 그 당시의 아름다웠던 감상에 잠겼다. 그에게는 그 순간이 생애에서 가장 행복했던 순간이었던 것이다.

각지를 돌아다니며 수많은 연애를 했던 한 솔직한 친구가 내린 결론에 귀를 기울여 보자.

"연애를 할 때 신체 접촉을 한 순간은 아름다운 5월의 하루와 같은 시간이다. 그러나 잘못하면 가장 아름다운 희망을 순식간에 시들게 하고, 사랑의 운명까지 숨을 거두게 할 수 있는 위험한 순간이기도 하다."

연인과의 스킨십이 이루어지는 순간에는 자연스럽게 행동하는 것이야말로 최선의 방법이다. 그러나 긴장한 남자는 자기도 모르게 멋있는 말을 하려고 한다. 게다가 허세를 부리는 남자도 있다. 바로 그 순간에 어색한 말을 하거나 허세를 부리면 여자는 곧 감정이 식어 버린다.

# 분위기 좋게 데이트하는 법
**거짓말하는 남자가 제일 싫어요**

결국 연애의 기술은 단순하다. 그때그때 자신의 감정을 정확하게 표현하는 것이 최선의 방법이다. 즉, 자신의 영혼에 귀를 잘 기울이면 된다는 뜻이다.

하지만 자신의 감정을 제대로 표현하는 것이 쉬운 일은 아니다. 진정으로 사랑에 빠진 남자는 여자에게서 어떤 기쁜 말을 들으면 벌써 말할 힘조차 없어지는 법이다. 그렇기 때문에 그 뒤에 이어질 자연스러운 행동까지 못하게 되는 경우가 있다.

만일 다정한 말을 속삭일 기회를 놓쳤을 때는 적절하지 못할 때 그 말을 꺼내지 말고 차라리 잠자코 있는 편이 낫다. 10초 전에는 적절한 말도 지금 순간에는 오히려 어색할 수가 있다.

자기 딴에는 재미있는 말이라고 생각했지만 시기가 적절하지 않으면 민감한 성격의 여자에게는 신경에 거슬릴 뿐이다.

또한 연인이 내뱉는 거짓말처럼 세상에 무서운 것은 없다. 그 말이 아무리 사소하고 악의가 없다 해도 남자의 거짓말은 순식간에 여자의 행복을 빼앗고, 의심의 구렁텅이 속으로 빠뜨린다.

정숙한 여자는 남자가 너무 열정적이거나 저돌적이면 싫어하고 경계심을 갖고 방어 자세를 취하게 된다.

여자가 어떤 질투나 불쾌감을 느껴 냉정한 태도를 보이면 사랑을 불러일으킬 만한 화제를 꺼내는 것이 좋다. 처음에는 두서너 마디 분위기를 띄울 만한 이야기를 한 후에 자신의 솔직한 마음을 정확하게 표현하면 여자에게 생생한 기쁨을 줄 수 있을 것이다.

남자들은 대체로 어떻게 해서든 멋있고 감동적인 말을 하려고 하기 때문에 실수를 하는 것이다. 남들이야 어떻게 하든 신경 쓰지 말고 자신은 그때그때 느낀 것을 솔직하게 표현해서 친밀하고 자연스러운 분위기를 만들어야 한다.

이렇게 세상의 기준을 벗어 버릴 용기만 있다면 곧 화기애애한 분위기를 되찾을 수 있을 것이다. 두 사람의 분위기가 아주 자연스러우면 두 사람의 행복은 곧 하나로 녹아든다. 서로를 이해하는 마음과 본성의 몇 가지 법칙으로, 두 사람의 결합은 이 세상에서 존재할 수 있는 최대의 행복이 되는 것이다.

행복한 연애를 하기 위해 반드시 필요한 것은 바로 자연스러움이다. 자연스러움이란 평소대로 행동한다는 뜻이다. 사랑하는 여자에게 거짓말을 안 하는 것은 당연하다. 뿐만 아니라 진실을 미화하거나 과장해서 진실을 해쳐서도 안 된다. 한번 미화하기 시작하면 미화하는 데만 온 신경이 집중되기 때문에 연인의 감정에 진실하게 반응할 수 없게 된다.

그런데 재미있는 일은 여자는 남자가 자신에게 집중하고 있지 않다는 것을 금세 눈치 채고 아양이나 교태를 부려 자신에게 집중토록 만든다는 점이다. 그래서 남자는 감각이 둔한 여자와는 연애하기가 힘들다. 둔한 여자들은 남자의 가식을 눈치 채지 못하고, 남자도 가식적인 것이 편하기 때문에, 마침내 연애에서 가장 중요한 자연스러움을 잃게 된다.

그때부터는 이미 사랑이 아니다. 그것은 우리 주위에서 흔히 볼 수 있는 흥정에 불과한 것이다. 그것이 보통 흥정과 다른 점이 있다면, 돈 대신 쾌락이나 허영심을 얻게 된다는 것뿐이다. 남자는 자신이 가식적으로 행동해도 눈치채지 못하는 여자에게는 마음을 쉽게 주지 못한다. 따라서 훨씬 괜찮은 여자가 나타나면 남자는 그 여자를 떠난다.

"서로 얽혀들지 않으면 시든다."

이것이 바로 아름다운 칡넝쿨의 격언이다. 이런 격언에 따르는 여자도 있다. 그러나 이 단계쯤 되면 자기가 사랑하는 남자를 행복하게 해 주는 일은 결국 자신의 행복을 결정하는 중대한 일이 된다.

따라서 분별 있는 여자는 더 이상 물러설 수 없는 상황이 되기 전에는 애인이 하는 행동을 모두 받아들이지 않는다. 남자의 진실성에 아주 작은 의심이라도 있게 되면 여자는 곧 정신을 똑바로 차리고 그 상황을 모면하게 될 것이다.

# 연애를 지속시키는 힘
어제 어디서 뭐 했어?

언제나 상대를 조금은 의심하고 불안해하는 것, 이것이 끊임없는 갈망이 되어 행복한 사랑에 생명을 불어넣어 준다. 의심은 언제나 사라지지 않으며, 절대 지루해지는 법도 없다. 또한 매우 열중하게 되는 것도 특징이다.

# 연애할 때 주의할 친구 관계
## 다 너를 생각해서 하는 말이야

동성 친구에게 자기가 정열적인 연애에 빠져 있다는 것을 고백할 때는 매우 신중해야 한다. 당신의 고백을 들은 친구는 당신의 경험을 확대 과장하면서 질투의 감정을 느낄 뿐만 아니라 기분이 상할 수도 있다.

지금까지 자신에게 쏟던 친구의 마음과 정성이 다른 사람에게 갔다는 서운한 감정이 질투심으로 변할 여지가 많다.

그런 일은 남자보다 특히 여자들이 경계해야 할 일이다. 여자들은 남자가 자기한테 빠져서 열정을 바치는 일을 인생에서 매우 중요한 일로 여긴다. 그런데 자신이 아닌 친구가 바로 그 중요한 일을 겪고 있으니 질투가 생길 법도 하다.

그런데 한창 연애 중인 사람은 끊임없이 머리에 떠오르는 연인에 대한 의심에 대해 속마음을 털어놓거나 냉정하게 조언해 줄 친구가 하나쯤은 필요한 법이다. 연애를 시작하면 실제보다 자신의 상상만으로 상대를 의심하는 경우가 더 많기 때문이다. 그래서 연애할 때는 정신적으로 의지하고 조언을 해 줄 친구가 있어야 한다.

그런데 놀랍게도 그런 경우에 연애를 망치는 친구가 있다. 예를 들어 자기도 애인은 있지만 지금은 이미 정열이 식은 데다가 허구한 날 '뭐 재미있는 일이 없을까' 하고 권태에 빠져 있는 여자 친구가 있다고 치자. 그런 경우에 어떤 남자가 자기 친구에게 열렬히 빠져 있다는 사실을 알게 되면 친구의 연애 관계에 개입하여 두 사람의 연애를 망치는 일에 몰두할 수도 있다.

증오가 행복을 만들어 주는 유일한 경우를 바로 이런 여자에게서 찾을 수 있는 것이다. 이제 그녀는 여자 친구에 대한 질투 때문에 친구의 애인을 깎아내리면서 이렇게 변명할지도 모른다.

"난 단지 너와의 소중한 우정을 잃고 싶지 않기 때문이야."

또한 친구의 아름다운 연애 과정을 곁에서 지켜보면서 자신의 모습을 처량하게 느끼는 여자도 있을 것이다. 이런 여자는 친구가 사랑에 빠져 애인만 생각하고 있기 때문에 자신과의 우정은 내팽개쳤다고 생각하고 배신감마저 느낄 수 있다. 더구나 그 친구는 애인 얘기를 자랑하고 싶을 때만 자기를 만난다고 생각하는 것이다.

가뜩이나 외롭고 슬픈 여자에게 친구의 아름다운 연애 얘기보다 질투 나고 얄미운 일이 어디 있겠는가?

# 친구에게 연애 사실을 털어놓는 법
## 내 애인은 밴댕이 속이야

여자 친구들끼리 자기 애인에 관해서 털어놓아도 되는 경우는 다음과 같은 솔직한 변명을 곁들일 때뿐이다.

"못된 남자들의 편견 때문에 이런 어리석고 괴로운 심리전을 해야 하다니. 남자들이란 다 똑같다니까! 하지만 이런 하소연을 들어주는 네가 있어서 정말 기쁘다. 네가 남자 때문에 힘들 때는 내가 도와줄게."

물론 어려서부터 진실한 우정을 키워 왔고, 서로에게 어떤 질투도 느끼지 않는 진정한 친구라면, 친구의 연애를 망치거나 시기하지 않고 친구가 털어놓는 말에 귀를 기울일 것이다.

열정적인 연애에 빠져 있다는 사실을 털어놓기에 가장 적당한 대상은 열정을 발산하지 못해 안달이 난 청소년들이다. 그런 나이에는 연애가 인생에서 가장 큰 중대사이고 사랑은 본능적이라고 믿고 있다. 그들에게 사랑하기에는 어리다고 말하지 말라. 애교를 가장 잘 떠는 건 세 살짜리 계집애이다.

취미적 연애를 하는 사람들은 자기 연애담을 털어놓으면 연애 감정이 더 불타오르지만, 정열적인 연애를 하는 사람은 오히려 정열이 식는다.

자기의 연애를 다른 사람에게 털어놓는 것은 위험하기도 하지만 그 감정을 제대로 전달하는 것도 쉬운 일이 아니다. 남의 연애담처럼 재미없는 얘기도 없기 때문에 웬만한 친구가 아니라면 참고 들어주기 힘들다.

원래 말이라는 것이 감정의 미묘한 구석까지 전달하기 힘든 것이다. 취미적 연애의 경우에는 이야기를 듣는 사람이 흥분하여 잘못 알아듣는 경우도 있다. 그리고 우연이 만들어 준 사랑을 정당하게 평가하려고도 하지 않는다.

따라서 자신의 연애 이야기는 자기 자신에게 털어놓는 것이 가장 좋다. 당신이 애인과 나눈 말들이나, 혹은 당신을 괴롭히는 문제들을 주인공의 이름을 바꾸고 특징을 잘 살려서 그날그날 일기처럼 자세하게 써 놓는 것이다.

만일 정열적 사랑을 하고 있는 사람이라면 일주일 후에는 다른 사람이 되어 있을 것이다. 그때 자기가 써 놓은 글을 읽으면 좋은 충고를 얻을 수 있게 된다.

남자들끼리는 주로 서너 명이 모이면 연애 이야기를 나누는 경우가 많다. 그럴 때는 될수록 육체적 연애에 대해서만 이야기하는 것이 좋다. 남자들의 대화는 결국 음담패설로 흐르기 일쑤다. 그런 자리에서 자신의 진실한 사랑을 아름답게 미화해서 떠드는 사람처럼 어리석은 고문관은 없다.

# 연적 퇴치법
## 너 가겨!

연애를 하면 무엇을 보거나 듣거나 애인 생각이 난다. 그리고 곧 흐뭇하고 따듯한 감정이 스며든다. 그래서 사랑에 빠지면 세상이 달라 보인다. 질투심 역시 감정의 기복은 같지만 생각이 만들어 내는 결과는 그 반대다.

만일 당신이 사랑하는 여자가 딴 남자를 더 좋아하면 그녀 생각이 날 때마다 기쁨은커녕 심장이 난도질을 당한 것처럼 쓰라릴 것이다. 그때부터 당신은 모든 사물에서 연적과 관련된 것만 떠올리게 된다.

만일 당신의 연적이 아무나 살 수 없는 아주 비싼 말을 가졌다고 하자. 그때 당신이 숲 속에서 말을 타는 아름다운 여자를 발견하면 그 말로 인해서 당신은 곧 미칠 것 같은 분노가 치밀어 오른다. 그리고 아름다운 말을 볼 때마다 연적을 떠올린다.

사랑이란 소유하는 것이 아니라 스스로 느끼고 즐기는 것이 중요하다는 사실도 잊고 만다. 연적의 행복을 과장하고 자신이 받는 모욕감도 과장하면서 고뇌는 절정에 이른다.

더구나 연인을 완전히 포기한 것도 아니고 연인에 대한 한 가닥의 희망이라도 남아 있다면 극도의 고통스러운 불행에 빠지고 만다.

이 고통에서 벗어나고 싶다면 일단 연적의 행복을 자세히 살펴야 한다. 어처구니없게도 그 남자는 당신의 심장을 멎게 만드는 그 여자 앞에서 긴장을 풀고 졸고 있을지도 모른다. 이때 그를 깨우고 싶으면 당신이 질투하는 모습을 보여 주면 된다. 그 남자가 모르고 있는 그 여자의 가치를 알려 주는 것이다. 덕분에 그 남자는 그 여자가 좋아져서 당신에게 감사할지도 모른다.

연적에 관한 한 중립적인 태도란 있을 수 없다. 그들 앞에서 될수록 아무렇지도 않은 척 농담을 하거나 아니면 그 남자에게 협박을 해야 한다.

# 질투 극복하기
## 쇼펜하우어 에세이를 읽는 중이야

질투란 마음의 고통 중에서 가장 큰 것이기 때문에, 생명을 거는 일마저도 오히려 마음의 위안이 될 수도 있다. 따라서 때로는 연적을 죽이는 공상을 하는 것도 도움이 될 것이다.

적에게 절대 힘을 빌려 주지 말라는 원칙이 있다. 연적에게는 당신의 사랑하는 마음조차 숨겨야 한다. 그리고 사랑과는 관계 없는 자존심 등 어떤 구실을 만들어서라도 태연하게 이렇게 말해 보는 것이 좋을 것이다.

"여보게, 왜 모두들 저런 하찮은 여자를 나와 엮어 주려는지 알 수가 없네. 더구나 사람들은 모두 내가 그녀에게 반했다고 생각하고 있거든. 자네가 저 여자를 원한다면 기꺼이 양보할 수는 있지만 지금은 소문이 좋지 않으니 한 6개월쯤 지나서 사양하지 말고 저 여자를 차지하게. 한데 세상 사람들은 무슨 이유에선지 이런 일에도 남자의 자존심 따위를 운운하거든. 그러니 만약 자네가 차분히 6개월씩이나 기다릴 수 없다면 유감이지만 우리 둘 중 한 사람은 죽지 않으면 안 될지도 모르겠군."

당신의 연적은 어차피 그 여자에게 그다지 정열적이지 않을 것이고, 아마도 매우 신중한 남자일 것이다. 따라서 당신의 결심을 알게 되면 어떤 구실이라도 찾아서 곧 여자를 양보할 것이다. 하지만 이런 말은 농담처럼 가볍게 던져야 하고, 모든 담판은 극비리에 진행해야만 한다.

질투가 그토록 고통스러운 것은 당신의 자존심 때문이다. 하지만 이런 방법을 쓰면 자존심을 어느 정도 지킬 수 있다. 스스로 용기 있는 남자라고 생각하는 것이다.

그러나 사태를 멜로드라마의 결말처럼 만들고 싶지 않다면, 지금 당장 여행을 떠나서 제일 먼저 눈에 띄는 클럽에 들어가 댄서와 사랑을 나누는 편이 나을 것이다. 당신의 연적이 웬만한 통찰력이 있는 사람이 아니라면 당신의 상처가 아물었다고 생각할 것

이다.

그러나 가장 좋은 방법은 연적이 스스로 실수해서 여자가 그 남자에게서 정나미가 떨어지기를 침착하게 기다리는 것이다. 어릴 때부터 키워 온 사랑이 아닌 이상, 똑똑한 여자라면 얼간이 같은 남자를 언제까지고 사랑할 수는 없기 때문이다.

이미 육체관계가 있는 여자에 대한 질투라면 더욱 무관심한 척해야 한다. 여자들은 애인이 질투를 느끼는 남자와는 일부러 친해지는 경향이 있고, 때로는 장난이 진짜 사랑으로 발전하는 경우도 있기 때문이다.

질투의 순간에는 이성을 잃기 쉽기 때문에 이런 충고들을 잘 기억해 두는 것이 좋다. 특히 태연한 척하는 것이 가장 중요하므로 철학서들을 읽고 마음을 다스리는 것이 적절한 방법이다. 결국 당신의 열정이 이 모든 질투를 만들어 낸 것이므로, 무관심하다는 인상을 줄 수만 있다면 연적은 곧 무기를 잃게 된다.

# 흔들리는 여자를 잡는 법
## 당신 친구, 아주 예쁘더군

남자가 여자의 결정작용에 물을 뿌린다면, 여자는 남자에게서 떠난다. 하지만 아직은 그녀의 마음속에 습관처럼 당신의 자리가 남아 있다.

또한 너무 당신을 믿게 행동해도 여자가 떠날 수 있다. 무릇 행복한 연애에는 작은 의심과 불안감이 항상 동반해야 한다. 따라서 어느 정도는 여자를 불안하게 만들 필요가 있다. 전처럼 굳게 사랑을 맹세한다고 해서 여자를 자기에게 되돌아오게 할 수는 없다.

그녀와 오랫동안 사귀었다면 그녀가 어떤 여자를 질투하고 있는지, 애인을 뺏길까 봐 두려워하는 여자는 누구지 알고 있을 것이다. 그렇다면 그 여자를 가까이하라. 이때 공공연하게 떠벌리며 해서는 안 되고 은밀히 숨기듯 해야 한다. 그러면 당신이 사랑하는 여자는 이 모든 사실을 발견하고, 눈에는 증오가 가득해져서 몇 달 동안은 모든 여자에게 심한 증오심을 드러낼 것이다.

그러나 여기서 명심할 것은, 그런 상황에서 그녀를 아직도 사랑한다는 당신의 정열을 드러내면 만사가 끝장이라는 것이다. 그녀는 되도록 만나지 말고 차라리 친구들과 어울려 술을 마시면서 지내라.

여자의 사랑을 판별할 때는 다음과 같은 점을 잊어서는 안 된다. 첫째, 사랑의 기초가 중요하다. 즉, 처음으로 두 사람이 맺어진 계기가 육체적 쾌락에서 출발했다면 당신의 연인은 변심하거나 배반할 위험이 많다. 이런 경우는 젊음의 열정만으로 결정작용이 일어나 사랑이 생긴 경우가 많기 때문이다.

둘째, 서로 사랑하고 있는 두 사람의 사랑의 깊이는 똑같은 것이 아니다. 정열적 연애에도 여러 시기가 있어서, 교대로 두 사람 중 한 사람이 상대방보다 더 열렬히 사랑하고 있는 것이다. 한쪽은 단순히 불장난이나 허영적 연애를 하고 있는데, 다른 한쪽은 정열적 연애를 하고 있는 때도 있다.

# 바람피운 걸 들켰을 때
### 내 말보다 자기 눈을 믿다니!

대체로 자신을 잊고 사랑에 열중하는 것은 여자 쪽이다. 그리고 두 사람 중 한쪽이 품고 있는 사랑이 어떤 종류이든, 일단 질투가 생기면 그 사람은 상대방이 정열적 연애를 하듯이 해 주지 않으면 견디지 못한다. 자존심 때문에 상대가 깊은 애정을 보여 주기를 바라게 되는 것이다.

그러나 취미적 연애를 하고 있는 사람이라면, 상대가 정열적인 사랑을 바치면 매우 짜증이 날 것이다.

귀찮게 생각하고 있는 남자가 다른 남자를 질투까지 하고 있다면, 여자는 그 남자를 증오에 가까울 정도로 싫어하게 될 것이다. 여자란 질투를 받을 만한 남자가 아니면 질투를 받고 싶어 하지 않는 법이다.

여자가 질투하는 남자를 사랑하고 있지만, 그 질투가 아무 근거도 없는 불필요한 것이라면 민감한 여자는 자존심에 상처를 받는다. 그러나 도도한 여자는 자신의 존재를 확인시켜 주는 새로운 방법으로 질투를 좋아할 수도 있다.

여자가 기억해 두어야 할 것이 하나가 있다. 만일 자기가 배신한 남자에게 아직 미련이 남아 있다면, 결코 자신의 행위를 그가 따져 묻는 대로 "네, 맞아요."라고 실토해서는 안 된다. 남자는 결정작용을 통해 만들어 간 사랑하는 여자에 대한 그 완벽한 이미지를 버리지 못한다. 그 이미지를 즐기는 기쁨은 그렇게도 큰 것이다. 물론 여자가 "네, 맞아요."라는 치명적인 대답을 하기 전까지 말이다.

프랑스에는 유명한 일화가 있다. 여자는 애인에게 현장을 들켰음에도 불구하고 대담하게 그 사실을 부정했다. 그래도 남자가 추궁하자 이렇게 말했다.

"알았어요. 당신은 이제 날 사랑하지 않는군요. 내가 말하는 것보다 자기가 본 것을 더 믿으니 말이에요."

부정한 짓을 한 애인과 화해하는 것은 연인 사이에 끊임없이 생기는 결정작용의 마지막 숨을 거두게 하는 짓이다. 그리하여 마침내 사랑은 죽고, 당신의 마음은 그 죽음에 다가가는 한 발 한 발을 몹시 괴로운 심정으로 느껴야만 할 것이다. 그래도 정 화해하고 싶다면, 친구로서만 지낼 용기를 내야 한다.

# 질투하는 여자 달래기
## 자, 출발하자구!

여자는 우선 연애 과정에서 의심이 많다. 연애를 하면 남자보다 훨씬 많은 위험을 겪어야 하고, 훨씬 큰 희생을 치러내야 한다. 또한 상대적으로 남자만큼 몰두할 만한 일도 없는 데다가, 특히 애인의 행동을 확인할 길이 별로 없기 때문이다.

여자는 질투하는 모습을 보이면 자신의 격이 낮아질까 두려워한다. 그리고 자신이 남자 꽁무니나 쫓아다니는 것처럼 보여서 웃음거리가 되지나 않을까 걱정한다. 여자 역시 남자처럼 잔인한 마음도 생기겠지만 남자처럼 상대 여자에게 결투를 신청할 수도 없는 노릇이다.

따라서 질투심은 남자보다 여자에게 더 고통스럽다. 여자는 해소할 길이 없는 분노와 자기혐오의 극치를 느끼며, 결국 도저히 견딜 수 없는 지경에까지 이른다. 이 잔인한 고통을 치료하는 방법은 질투를 불러일으킨 사람이 죽거나 질투로 괴로워하는 본인이 죽거나 둘 중에 하나밖에 없다.

사람들은 현재 자신이 질투하고 있다는 것을 밝히기 창피해하지만, 과거에 질투를 했었다는 것, 그리고 앞으로도 질투할 수 있다는 점은 자랑스럽게 말한다. 하지만 여자는 불쌍하게도 과거에 질투한 적이 있다는 것조차도 좀처럼 털어놓지 못한다. 그만큼 질투는 여자를 웃음거리로 만드는 것이다. 그리고 이 쓰라린 상처는 절대로 아무는 일이 없다.

그러나 차가운 이성이 상상력이라는 불덩이에 조금이라도 힘을 쓸 수 있다면, 나는 질투로 괴로워하는 여자들에게 이런 말을 해 주고 싶다.

"남자의 부정과 여자의 부정은 매우 다릅니다. 여자가 다른 남자와 성관계를 갖는다면, 그것은 남자의 경우와 마찬가지로 실제의 행위지만, 다른 한편으로는 자신의 마음을 표현한 것입니다. 하지만 남자에게는 다른 여자와의 성관계가 마음을 표현한 행위가 절대 아니라는 점을 잊지 마십시오. 또한 여자는 성관계가 자신을 남자에게 모두 바친다는 뜻이 되지만 남자는 다른 여자와의 성관계가 살아가는 데 필요한 하나의 일일 뿐입니다. 남자는 어려서부터 자기의 자존심이나 가치의 증거를 이런 일에서 찾는 선배들을 보고 자랐지만, 여자는 이와는 반대되는 교육을 받고 자랐기 때문입니다."

어떤 행위가 마음의 표현이 된다는 점에서 생각해 보자. 화가 났을 때 상대의 발 위에 테이블을 뒤엎었다고 치자. 그러면 상대는 몹시 아프겠지만 싸움으로까지 번지지는 않는다. 하지만 뺨을 때렸다면 서로 치고 받는 일까지 벌어질 것이다.

연인의 부정을 바라보는 남녀의 시각 차이는 이처럼 분명하기 때문에, 여자는 남자의 부정을 용서할 수 있지만 남자는 용서가 불가능하다. 따라서 남자의 바람기나 부정에 맞서 여자도 바람을 피우거나 부정을 저지르면 관계가 깨질 것이다.

여자가 남자를 진정으로 사랑하고 있는지 아닌지를 구별하는 방법이 있다. 열정적 연애를 하고 있던 여자가 남자의 부정을 알게 되면 사랑에 대한 열정이 사라져 버리지만, 허영적 연애를 하고 있던 여자는 연애에 대한 열정이 두 배나 커진다. 왜냐하면 자신은 지금 다른 여자에게 인기 있는 남자를 만나고 있기 때문에 빼앗기지 않으려고 덤빈다.

자존심이 강한 여자는 애써 질투를 숨긴다. 사랑하는 남자와 며칠이고 말도 없이 쌀쌀맞게 긴 밤을 보내기도 한다. 그러면서도 속으로는 그를 잃을까 봐 두려워하고, 자기가 그의 눈에 매력 없는 여자로 보이는 것이라고 자책한다.

이런 심정이야말로 인간이 느끼는 최고의 고통이자 사랑 때문에 겪는 가장 큰 불행이다. 그럴 때 남자가 여자의 마음을 달래 주려면 모르는 척 함께 며칠 동안 먼 여행을 떠나는 것이 좋다.

# 연인을 붙들어두는 법
### 삼각관계야말로 안정된 구도지

자존심 때문에 오기를 부리는 것은 정열적 연애에서는 있을수 없다. 그러나 여자들은 그런 경우가 있다. 상대에게 푸대접을받고도 가만히 있으면 그 사람이 자신을 업신여기고 더 이상 사랑해 주지 않을 거라고 생각하는 질투와도 같은 것이다.

원래 질투가 생기면 상대가 죽기를 바라는 마음까지 들지만, 오기를 부리고 있는 남자는 전혀 다르다. 그는 연적이 살아서 자신이 승리하는 것을 목격하기 바란다. 또한 연적이 경쟁을 포기하는 것도 원하지 않는다.

오기를 부리고 있을 때는 명목상의 목적 같은 것은 문제가 안된다. 오직 승리만이 중요할 뿐이다. 그래서 연적 때문에 괴로워자살이라도 할 것 같았던 여자도 남자가 연적과 헤어지고 나면사랑도 곧 식어 버린다.

그래서 오기로 하는 연애는 오래 지속되지 못한다. 장애물이사라지면 그 사랑도 끝나기 때문이다. 흔히 부모가 반대하면 더죽고 못 사는 연인이 있는데, 이들의 사랑은 부모의 반대라는 장애물 때문에 더 강한 자극을 받아 지속되는 것이다. 부모가 반대하지 않고 놔두었다면 쉽게 끝나 버렸을지도 모르는 일이었을

텐데 말이다.

열정적 연애에서도 상대의 자존심을 자극해야 연애가 지속되는 경우가 있다. 내가 아는 한 60대의 남자가 런던 극장에서 가장 아름답고 변덕스럽기로 유명한 여배우와 연애를 시작하는 것을 보았다. 그래서 나는 그에게 "그 여자가 당신에게 충실할 것 같으냐"고 물었더니, 그는 자신만만하게 "그녀는 미친 듯이 나만 사랑하고 있다"고 대답했다. 그 비밀은 바로 그녀와 자신의 딸 사이에 미묘한 자존심 싸움을 시킨 데 있었다.

특히 자존심을 이용해 성공할 수 있는 것은 바로 취미적인 연애이다. 예부터 여러 명의 자매 가운데 한 여자를 선택해서 사귀고 싶으면 자기가 찍은 그 여자가 아닌 다른 자매에게 잘해 주라고 했다. 또한 들뜬 처녀의 마음을 얻고 싶다면 겸손한 태도로 그녀에게는 마음이 없다는 말을 퍼뜨려 놓으면 된다. 하지만 정열적 연애에서는 위험한 방법이니 주의해야 한다.

이 방법은 결혼 후에도 효과를 볼 수 있다. 루이 15세 시대의 궁정에서 한 귀부인이 남편을 열렬히 사랑했는데, 그것은 남편이 그녀의 동생에게 대단한 호의가 있는 것처럼 보였기 때문이었다.

사랑이 식어서 차 버리고 쳐다보지도 않던 여자라도, 다른 남자를 사랑하고 있는 것 같으면 남자는 곧 이성을 잃고 그녀에게 다시 정열을 느낀다.

# 서로 괴롭히는 연인
## 그녀가 내 머리에 던진 촛대가 너무 그리워

　연인 중 한 사람이 월등히 뛰어난 부분이 있다면 열등한 쪽은 그것 때문에 버림받을지도 모른다는 두려움으로 사랑의 결정작용이 멈추게 된다.

　원래 자기보다 똑똑하고 잘난 사람은 꼴 보기가 싫은 것이다. 그런데 사랑하는 연인이 그렇다면 어떻게 될까? 계속 사랑을 지켜 나가려면 모자란 쪽이 잘난 쪽을 구박하거나 괴롭히는 관계가 되어야 된다.

　잘난 사람이 왜 그러면서까지 연애를 하는지 이상하게 생각할 사람도 있겠지만, 하나도 이상할 것이 없다. 사랑의 결정작용 때문에 그 사람 눈에는 상대가 최고로 보이는 것이다. 오히려 남들이 말하는 상대의 결점이 사랑을 더욱 확고히 하는 장점이 될 수도 있다.

　두 사람이 서로 비슷한 수준일 때도 서로 다투고 한쪽이 구박당해야 연애가 지속되는 경우가 있다. 이런 관계는 죽기 전까지는 버릴 수 없는 이기적이고 냉정한 인간의 본질에서 비롯된 것이기 때문에, 오히려 정열적 연애보다 더 오래 지속될 수도 있다.

그러나 이런 관계는 이미 사랑이 아니며, 추억과 육체적 쾌락만 남아 있을 뿐이다. 이런 관계에 있는 두 사람 사이에는 매일같이 큰소리가 난다. 정열적 연애를 할 때 날마다 새로운 애정의 증거를 찾았듯이, 이번에는 "오늘은 또 무슨 일로 화를 낼까?" 하는 생각이 상상력을 사로잡는다.

자존심이 이런 관계를 거부하는 일도 있다. 그러면 몇 달간 폭풍이 휩쓸고 간 후, 자존심이 사랑을 죽여 버린다. 그러나 이 사랑이라는 고귀한 정열은 꺼지기 전에 오랜 기간 동안 저항을 계속한다.

냉대를 받으면서도 상대를 사랑하고 있는 사람은 싸움을 있는 그대로 바라보지 못하고 언제까지고 착각에 빠져 있다. 달콤한

화해를 경험한 적이 있다면 싸우고 난 뒤의 고통스러운 시간을 더 잘 견뎌 낸다.

그리고 어떤 말 못 할 고민이나 돈 문제가 있어서 그랬을 거라고 생각하며 사랑하는 남자를 용서하는 여자가 많다. 그래서 싸우는 일이 만성이 되어 버린다. 그러다 지겹게 싸우던 상대가 사라져 버리면 오히려 불안하고 어쩔 줄 모르게 되는 것이다.

이미 언급했지만 상대에 대한 의심이나 불안감이 오히려 사랑을 지속시킨다. 그런데 성격이 급하거나 거친 남자, 교육을 제대로 받지 못한 남자의 경우에는 이러한 작은 의심이나 불안이 곧 싸움으로 번진다.

그리고 여자 역시 좋은 교육을 통해 형성된 예민한 감수성이 부족한 경우에는 이런 종류의 사랑이 훨씬 격렬하고 매력 있다고 느낀다. 또한 아무리 섬세한 여자라도 남자가 사랑의 정열 때문에 그토록 화를 내는 것이라고 생각하면 그를 더욱 사랑할 수밖에 없을 것이다.

그래서 애인에게 가장 그리운 것이 뭐냐고 물으면 "그녀가 내 머리에 내던진 촛대"라고 말하는 남자도 있다. 실제로 자존심만 허락한다면, 사는 게 권태롭게 느껴지는 배부른 사람들에게는 이런 사랑싸움도 약이 된다는 것을 이해할 수 있을 것이다.

# 상사병 치료법
## 3박4일 동안 네 얘기 들어줄게

상사병을 치료하기는 사실상 불가능하다. 절박한 위험이 계속되어 자신을 보호해야 한다는 본능에 집중하게 된다면 사랑하는 사람에 대한 생각을 잊을 수도 있을 것이다. 예를 들어 배를 타고 가다가 16일 동안 계속되는 폭풍우를 만나게 된다면 상사병이 치유될 수 있을까?

그러나 그런 절박한 경우가 아니라면 사람은 위험에도 곧 익숙해져서 적을 전방 20미터 지점에 두고 있더라도 평소보다 더 강하게 연인을 떠올린다. 그것은 마치 생의 의지처럼 어떤 위험에도 떨어지지 않는다.

진정으로 사랑에 빠진 남자는 연인을 상상하는 것만으로도 행복을 느낀다. 그런 남자에게 사랑하는 여자를 떠올리게 하지 않는 것은 인간의 대지에는 아무것도 없다. 이처럼 사랑에 빠진 남자에게는 연인을 생각하는 일이 가장 중요하기 때문에 그 외의 일은 그다지 문제가 되지 않는다.

그러므로 상사병에 걸린 친구를 도와주고 싶다면 무조건 친구가 사랑하는 여자 편을 들어 줘야 한다. 그런데 지혜는 없고 의욕만 있는 친구가 꼭 반대로 행동해서 역효과를 낸다. 친구의 상상사병을 고쳐 주고 싶다면 명심할 것이 있다.

즉, 사랑에 빠진 남자는 말도 안 되는 일이 당장 눈앞에서 일어나도 그것을 받아들인다. 받아들이지 않으면 자신의 모든 것을 걸고 있는 여자를 단념해야 하기 때문에 받아들일 수밖에 없는 것이다.

그래서 아무리 연인에게 명백한 결점이 있어도, 잔인하게 배신을 해도 그것을 부정한다. 정열적 연애를 하는 사람이 어느 정도 시간이 흐르면 상대의 모든 것을 용서하는 것도 같은 이치다.

따라서 친구의 상사병을 고쳐 주려거든 노골적으로 그의 마음을 딴 곳으로 돌려놓으려고 하지 말고, 그가 자신의 사랑과 애인에 대해서 지겨울 정도로 실컷 이야기하게 놔둬야 한다.

그와 동시에 여러 가지 일을 만들어 준다. 여행도 혼자 하게 해서는 안 된다. 혼자 여행을 하면 어딜 가나 누구를 만나나 연인을 떠올릴 것이다. 실연한 남자가 마음을 정리하기 위해 먼 여행을 떠나는 것은 정말 위험한 일이다. 실연의 처방은 여행이 아니다.

혼자 있다가 애인을 찾지 않도록 친구가 늘 옆에 붙어 있는 것이 좋다. 그리고 연애 과정을 충분히 돌아보며 반성하게 유도하라. 그래서 나중에는 이 반성이 지겹고 무의미하다는 생각이 들게 만들어야 한다. 그러면 자신의 연애도 다른 사람들과 다를 바 없는 그저 평범한 해프닝이었다는 생각을 하게 될 것이다.

사랑했던 여자를 잊기 어려운 것은, 머릿속으로 아무리 여러 번 재현하더라도 싫증을 느끼지 않는 몇몇 순간이 있기 때문이다. 잔인하기는 하지만 효과가 가장 좋은 것은 자존심에 관련된 방법이다. 하지만 그것은 여기서 말하지 않겠다. 정이 많고 감수성이 풍부한 사람에게는 소용없는 방법이기 때문이다.

# 연인을 잊는 법
**사랑은 없다니까!**

"널 배신하다니 그런 배은망덕한 여자는 세상에 없다."

그런 말로 친구의 상사병을 고치려는 것은 어리석은 일이다. 사랑에는 배은망덕이란 있을 수 없다. 자신이 느끼는 사랑의 기쁨이 항상 모든 대가를 지불하고 있고, 나아가서는 그 어떤 희생의 대가까지도 이미 지불한 것이기 때문이다.

또한 사랑하던 상대방에게 "당신이 해 준 것이 뭐냐?"고 말하는 것은 그동안 나눈 사랑을 대가로 계산하려는 몰염치하고 천박한 생각이다. 진실한 사랑을 물질로 계산하려는 행위는 매춘이나 다를 바 없다.

사랑은 사랑 자체만으로 이미 서로가 충분히 보상받은 것이다. 때문에 연인이 잘못했다고 여길 때는 오직 솔직하지 않았을 때뿐이다.

연인은 상대가 솔직하게 마음을 열어 주기만을 원한다. 연애가 막 시작될 무렵에 그 싹을 잘라 버리는 것 외에는 이미 시작된 사랑을 막을 방법이 없다. 갑자기 여행을 떠나든가, 닥치는 대로 아무나 만나고 다니면서 마음의 상처를 잊는 방법도 있겠지만, 옆에서 친구가 일을 꾸며 도와줄 수 있는 방법도 있다.

예를 들면 친구의 애인이 친구의 연적에게는 상냥하고 친절하게 대하면서 친구에게는 그렇지 않다는 것을 슬쩍 눈에 띄게 일을 꾸며 보라. 아무리 사소한 일이라도 괜찮다. 사랑에 빠진 사람에게는 별 하찮은 것도 큰 의미가 되기 때문이다.

예를 들면 높은 곳에서 내려올 때 연적의 손을 잡고 도움을 받았으면서도, 정작 친구가 내민 손은 잡지 않는 일이 생긴다고 쳐 보자. 이런 하찮은 일에도 정열에 사로잡힌 남자는 비극적이 되어, 결정작용을 형성하는 판단의 하나하나에 굴욕감을 결부시키게 된다.

그렇게 되면 마침내 사랑을 중단하게 된다. 친구에게 쌀쌀맞게 대하는 여자에게 보기 흉한 육체적 결함이 있다고 중상모략을 하더라도 친구의 사랑은 별 위협을 받지 않는다. 우연히 그 거짓말이 사실이더라도 사랑에 빠진 남자는 그 결함을 받아들이고 곧 잊어버린다.

사랑의 환상에 대항할 수 있는 것은 오직 사랑의 환상뿐이다. 따라서 젊은 아가씨가 사랑 때문에 위험해지는 것을 막으려면, 연인에 대한 사랑의 환상이 지나치지 않게 도와주어야 한다. 정신 세계가 비속한 면이 없고 영혼이 고매한 여자일수록, 사랑 때문에 위험에 처할 확률이 더 높아진다.

이런 여자가 계속해서 한 남자에 대한 생각에만 잠겨 있다면 반드시 위험한 일이 생긴다. 그 남자에 대한 감사와 존경과 궁금함이 온 정신을 사로잡고 있다면 그녀는 돌이킬 수 없는 일을 저지를 수도 있다. 일상생활의 권태가 크면 클수록, 감사와 존경과 궁금함이라는 독약은 더 잘 듣는 법이다. 이럴 때는 즉시 신속하고도 강력한 수단을 동원해 그녀의 마음을 딴 데로 돌려야만 한다.

## 제2부

# 연애하는 여자들에게
# 주는 충고

남자들을 교육하는 것은 여자다
여자로 크지 말고 독립된 인간으로 크라
사랑받으려면 똑똑해지라
'돈 후안' 형 남자와 '베르테르' 형 남자

# 남자들을 교육하는 것은 여자다

우리들은 지금까지 여자가 수준 높은 교육을 받는 것을 낭비라고 생각하는 시대에 오랫동안 살아왔다. 여자들은 가정이 인생의 텃밭이며 아내와 어머니의 역할을 잘할 수 있을 만큼만 배우면 된다고 여겨 왔다. 그래서 여자가 대학에 가서 전문 교육을 받는 일은 낭비라고 생각한 것이다.

그렇게 보면 맞는 말이다. 여자가 전문 교육을 받은 후에 결혼해서 집안에 들어앉아 버리면 그간 교육에 투자한 시간과 돈은 무엇이 되는가. 그래서 결혼 전에 신랑 집에서 규수의 부모에게 하는 최대의 찬사는 "따님이 무척 얌전하군요." 하는 말이다.

과거 미국에서는 흑인에게 글을 가르쳐 주면 벌을 내리는 법을 만든 적이 있었다. 교육받은 흑인들이 백인의 지위를 넘볼 것이 두려웠던 것이다. 또한 일부 왕국에서는 왕족들을 제외하고는 국민들에게 교육의 기회를 주지 않음으로써 우민 통치를 해온 나라도 있었다.

그러나 흑인과 백인이 평등하게 되었고, 왕국이 거의 해체된 요즘의 시대를 생각해 보면, 흑인들에게 글을 안 가르치고 일반 국민들에게 교육을 안 시킨 것은 국가로서 손해라는 것을 알 수가 있다.

마찬가지다. 일부 남자들은 여자가 많이 배우면 배울수록 남자들의 권리와 지위가 빼앗길까 봐 두려워한다. 하지만 이젠 그렇게 생각할 일만은 아니다. 여자를 단순히 남자를 보필하는 위치로만 교육시킨다면, 남편이 죽었을 경우 여자는 남은 가족을 어떻게 보살필 것인가.

더구나 여자는 어머니로서, 여자보다 잘났다고 주장하는 남자들을 적어도 학교에 가기 전까지는 교육을 시켜야 한다. 어머니가 훌륭하지 않다면 자녀들이 뛰어나기를 바랄 수 없다.

그리고 평생을 같이 살아야 하는 배우자의 생각이나 의견은 남자에게 큰 영향을 끼친다는 점도 무시해서는 안 된다. 인생의 동반자인 여성에게서 옳은 생각과 충고를 들을 수 없는 남편은 평생 불행할 수밖에 없다.

물론 잘난 남자들은 여자들의 영향력을 인정하지 않으려고 하겠지만, 30년 넘게 똑같은 말을 반복해서 듣는다면 도저히 영향을 안 받을 수가 없다.

연애 시절은 또 어떤가? 연애를 할 때 남자들은 완전히 사랑하는 여자의 손에 잡혀서 다른 누구의 말보다 여자의 말에 귀를 기울이고 있지 않은가.

그런데 자기 인생의 동반자인 여자가 한낱 인형에 불과하다면 그로부터 오는 남자의 불행을 어떻게 감당하겠는가. 유사 이래 모든 사회 권력을 독점해 온 남자들은 자신의 권력을 증대시키는 데 필요한 의견이 아니면 절대로 좋아하지 않았다.

게다가 여성의 교육이 전혀 없던 시절에 선택받았던 일부 여자에게 교육을 시켜 보았더니 다른 여자보다 자신이 잘났다는 것을 알고 얼마나 똑똑한 척하는지, 남자들이 보기에 심히 마음에 들지 않았던 것이다.

그래서 남자들은 하나같이 이런 똑똑한 여자보다 하녀가 더 좋다고 말해 왔다. 그 말은 자신의 지위를 하녀로 동반 하락시키는, 참으로 어리석은 생각이며 열등감의 표현이다. 열등감을 가진 자에게서 크고 우람한 인격은 기대할 수 없다.

무성한 숲 한가운데에 어린 나무 한 그루를 심어 보라. 그 나무는 주변의 나무에 가려 바람이나 햇빛을 충분히 받지 못하여, 자연스럽게 자라지 못하고 괴상한 형태를 갖추게 된다. 그 나무를 제대로 자라게 하려면 숲 전체의 나무를 동시에 새로 심어야만 한다. 모든 여자에게 제대로 된 교육을 시킨다면 자신만 잘났다고 떠들어댈 여자는 없는 것이다.

청소년기에는 여자가 남자보다 체력이 뒤떨어질 뿐, 장난밖에 모르는 또래의 남자보다 훨씬 성숙하고 영리하다. 그런데 왜 스무 살이 넘으면 여자는 소심하고 바퀴벌레 한 마리만 보아도 바들바들 떠는 겁쟁이가 되는데, 남자들은 믿음직하고 유능한 청년이 되는 것일까.

그 이유는 한 인간으로 자립하는 데 필요한 교육이 여자에게 부족했기 때문이다. 그 대신 여자는 생활의 경험에서 터득한 지식에 큰 영향을 받는다. 그러므로 여자에게 부잣집에서 태어난 것처럼 손해나는 일도 없다. 사람들이 살아가는 진짜 모습은 배우지 못하고 이미 돈 때문에 생기를 잃은 하녀들에 둘러싸여 있기 때문이다. 그래서 왕실의 여자만큼 멍청한 여자도 없다.

그러나 진짜 삶의 현장에서 삶의 지혜를 터득하는 여자들도 그것을 체계적으로 인식할 지식을 배우지 못한다면 삶의 본질을 이해하지 못하게 된다.

# 여자로 크지 말로 독립된 인간으로 크라

내가 잘 아는 군 대령의 집에서는 딸 넷을 온종일 공부시킨다. 그러나 교육 내용은 하루 종일 쓸데없는 역사 연표를 외우게 하거나 자수를 놓게 하는 것뿐이다.

그렇게 온종일 자수를 놓아 봤자 1년에 벌 수 있는 돈은 가정교사 한 달 치 월급도 안 된다. 겨우 그 돈을 벌자고 인간기계가 되어, 진정한 지식을 익히는 데 필요한 시간을 잃어버려서야 되겠는가.

어떤 사람들은 "여자가 너무 많이 배우게 되면 아이를 낳고 기르는 본연의 의무에 등한히 하게 될 것"이라고 말하기도 한다. 그렇지만 그런 일은 일어나지 않는다.

여자는 타고난 본능이나 체면 때문에 자신의 역할을 절대 버리지 않기 때문이다. 따라서 그런 걱정은 마치 군 장교가 너무 상냥해지면 승마술을 잊어버리게 될 것이라고 걱정하는 것과 다를 바 없다.

이제는 여자도 남자와 똑같이 배우고 뭔가를 성취할 수도 있다는 것을 인정하는 시대가 되었지만, 여전히 여자는 여자다운 일을 해야 한다고 생각하는 사람들도 있다.

물론 아무것도 안 하는 것보다는 여자다운 일이라도 하는 것이 낫다. 그렇지만 그 누구도 대단히 능력 있는 여자에게 취미 생활이나 하라고 말할 수는 없다.

여자는 여자다운 일을 해야 한다고 생각하는 남자들은 여자들을 보고 '바보라서 반항 같은 것은 하지 않을 것'이라고 생각하는 것이다.

하지만 나 같으면, 아내가 매일 밤 맥 빠진 시큰둥한 얼굴로 나를 대하는 것보다는 1년에 한 번쯤은 불같이 화를 내며 달려드는 쪽이 더 좋다. 함께 지내는 사람 사이에서는 행복이 전염된다.

남편이 밖에 나가 일을 하는 동안 아내는 꽃꽂이를 할 수도 있고, 셰익스피어를 읽을 수도 있다. 그런데 꽃꽂이를 한 여자는 문학 책을 읽은 사람보다는 깊은 사색을 하지 못했을 것이고, 밤이면 사교계에라도 나가 좀더 생생한 경험을 하고 싶어 남편을 조를지도 모른다.

하지만 셰익스피어를 읽은 여자는 남편만큼 정신적으로 피곤할 것이고 깊은 사색을 했을 것이다. 따라서 사람들이 모이는 곳에 나가 즐기기보다는 남편과 산책하기를 원할 것이고, 상류 사회의 화려한 즐거움 따위는 하잘것없다고 느낄 것이다.

무식한 남자들이야말로 여자가 지적으로 성장하는 것을 두려워한다. 그러면서도 남자로서의 우월감 때문에 여자들보다는 당연히 많은 것을 알고 있다고 자부하고 있기 때문에, 여자들이 지적으로 성장하려고 마음만 먹어도 불안에 떨 것이다.

그러므로 당대의 가장 훌륭한 남자들에게서 구애를 받고 싶다면 쓸데없는 남자들과 상대하는 대신 여자다운 감성을 잃지 않으면서 지적으로도 뛰어난 능력을 갖추어야 한다.

"여자가 많이 배우면 남자의 반려자가 아닌 경쟁자가 될 것"이라고 말하는 사람도 있다. 법으로 연애를 금지하면 그런 일이 생길지도 모르겠다. 그러나 그런 법이 생기기 전까지는 여자에 대한 매력과 도취가 배가되기만 할 것이다. 여자의 지적 매력은 결정 작용을 일으키는 또 하나의 요소가 되는 것이다.

지적인 여자와 연애를 하게 되면 남자는 여자의 사상을 함께 나누면서 더욱 그녀에게 매혹될 것이다. 또한 개인의 사상에는 어느 정도 성격이나 인격이 반영되어 있기 때문에 서로 더욱 잘 이해하게 될 것이다. 그래서 두 사람의 연애는 다른 연애처럼 맹목적이 되지 않으며, 그만큼 불행도 줄어든다.

남자에게 사랑받고 싶은 욕망이 있는 한, 아무리 높은 교육을 받아도 여자다움은 사라지지 않는다. 교육을 많이 받은 여자는 여자답지 않을 것이라고 생각하는 것은 꾀꼬리에게 노래를 가르치면 봄에 지저귀지 않게 될까 봐 걱정하는 꼴과 같다.

재산이 충분히 있어서 굳이 일하지 않아도 먹고살 수 있는 여자도 있다. 하지만 노동이 없으면 행복도 없다. 사랑의 정열도 사람을 노동하게 만든다. 그것도 마음의 모든 힘을 사용하지 않으면 안 되는 격렬한 노동이다.

생계를 책임지고 있는 여자가 넷이나 되는 아이를 위해서 양

말을 뜨고 옷을 만드는 것은 분명 노동이다. 그러나 자가용까지 갖고 있는 여자가 수를 놓는다든가 가구 덮개를 뜨는 것은 노동이라고 할 수 없다.

약간의 자기 만족을 제외한다면 그녀에게 커다란 의미가 있는 일이 아닌 것이다. 결국 이런 여자는 노동에 참여하고 있지 않은 것이며, 따라서 이런 여자의 행복은 매우 위험한 상황에 놓여 있는 것이다.

그뿐만이 아니라, 그런 여자의 남편 역시 행복에 먹구름이 끼었다. 오랫동안 흥밋거리라고는 자수밖에 없던 여자는 취미적 연애나 허영적 연애, 심지어는 육체적 연애까지도 행복이라고 느끼는 그릇된 감정을 가질 수 있기 때문이다. 그동안의 일상에 비하면 이런 연애가 훨씬 흥미진진하기 때문이다.

# 결혼해도 끊임없이 배우라

결혼해서 집안일로, 아이 키우는 일로 아무리 바빠도 하루에 몇 시간은 자신을 위해 써야 한다. 이미 현명한 남자들은 아무리 바빠도 자신만의 여가 시간을 보내고 있다.

물론 아이가 홍역에 걸려 있는데 문학에 빠져 즐거움을 느낄 수는 없을 것이다. 은행가인 남편이 파산 직전에 있을 때 도저히 철학적 명상에 빠지지 못하는 것처럼 말이다.

지적으로, 정신적으로 끊임없이 성장하는 것. 이것이야말로 경제적으로 부유한 여자가 비속함에서 벗어날 수 있는 유일한 방법이다.

이제 막 변호사나 의사, 사업을 시작하려는 젊은이들은 특별히 교양을 쌓지 않고도 사회 생활을 시작할 수 있다. 직업에 종사하면서 매일같이 교양을 쌓게 되기 때문이다.

그렇다면 이들의 아내는 어떤 방법으로 교양과 지식을 쌓아야 하는가. 가정에 고립되어 있는 아내들에게는 인생이라는 위대한 책은 덮여 있다. 매달 남편이 주는 쥐꼬리 같은 돈을 늘 똑같은 용도로 소비하는 것이 다 아닌가.

내친 김에 남자들에게도 충고 한마디 하겠다. 아무리 별 볼일 없는 남자라도 젊고 잘생기기만 했으면 달려드는 여자가 있다. 그러나 그런 여자는 지적이지 못하고 무식한 경우가 많다. 무식한 여자는 본능대로 움직이기 때문이다. 현명하고 똑똑한 여자는 그런 남자를 잘생긴 하인 정도로밖에는 보지 않는다.

결혼하면 곧 잊어버리는 것을 배우느라고 젊은 여자들이 많은 시간을 투자하는 것이 안타깝다. 하프를 제대로 연주하려면 6년간 매일 4시간씩 연습해야 하고, 세밀화나 수채화를 잘 그리려면 그 절반쯤의 시간을 투자해야 한다. 그러나 대부분의 여자들이 중간 정도의 실력에도 도달하지 못한다. 제대로 하지 않는 건 안 하느니만 못한 것이다.

상당히 재능이 있는 여자도 결혼하고 3년이 지나면 한 달에

한 번도 하프나 붓에 손을 대지 않는다. 그런 복잡한 일은 귀찮아지기 때문이다. 물론 타고난 예술가의 영혼을 가진 여자라면 문제가 다르겠지만, 그런 여자라면 또 가정주부가 되어 있지도 않을 것이다.

이런 식으로 하여 젊은 아가씨들은 인생에서 일어날 여러 문제에 대처할 만한 능력은 무엇 하나 배우지 못하고 쓸데없는 것만 배운다. 그뿐 아니라 그들을 가르칠 때 인생에 여러 문제가 있다는 사실을 숨기고 심지어는 부정까지 하기 때문에, 여자들은 인생의 문제에 부딪혔을 때 제대로 대처하지 못한다. 또한 지금까지의 교육이 모두 거짓이었다는 불신까지 더해져 더욱 혼란을 겪는다.

딸을 제대로 교육시키려면 사랑에 대해 가르쳐야 한다. 여자 나이 16살이면 사랑에 대해 모른다고 할 수 없을 것이다. 그렇다면 이처럼 중대하고 가르치기 어려운 관념을 누구에게서 배워야 한단 말인가?

루소의 『신엘로이즈』와 같은 문학과 철학 서적이 이들에게 도움을 줄 것이다. 가치 있고 뛰어난 여자가 되기 위해서는 어리석고 비상식적인 요즘의 교육을 받지 않을수록 좋다고 말할 수밖에 없다.

# 사랑받으려면 똑똑해지라

나이 든 후 우리 인간의 운명은 남녀를 불문하고 젊었을 때 어떻게 보냈느냐에 달려 있다. 중년의 인생의 위치는 젊음의 과실이며 노후는 중년을 보낸 결실이다. 인생은 단순히 중년이나 노년이기 때문에 고독하고 불행한 것이 아니라 자기의 과거의 업보인 셈이다.

특히 여자에게는 더욱 그렇다. 20세 때는 남자들이 모두 자기를 쫓아다니고 야단 법석을 떨지만 40세가 되면 아무도 쳐다보지 않는다. 여자는 45세가 되면 자신의 진짜 가치보다 낮게 취급된다.

또한 자녀나 남편의 능력에 따라 존경받기도 하고 멸시받기도 한다. 뛰어난 남편이나 자녀를 둔 여자는 존경과 부러움을 받지만 그렇지 못한 여자는 멸시를 받는다는 뜻이다. 하지만 자신의 존경과 멸시를 남편이나 자식에게 맡겨둘 수는 없다.

어머니가 미술에 뛰어난 재능이 있을 경우, 그것을 자식에게 전해 주는 길은 운 좋게도 자식이 그 재능을 유전적으로 물려받는 길뿐이다. 하지만 어머니가 지적이고 교양까지 있다면 자식에게 타고난 재능은 물론이고, 사회 생활에 유용한 온갖 지식들까지도 가르쳐 줄 수 있다. 도시 아이들이 시골 아이들보다 똑똑한 것도 좋은 교육을 받은 어머니가 도시에 많이 살고 있기 때문이라는 사실을 잊어서는 안 된다.

인쇄술이나 방적술을 발명한 사람들은 매일 우리 삶의 행복에 공헌하고 있다. 몽테스키외나 라신, 라퐁텐 같은 문학가들도 마찬가지다.

그리고 좋은 교육을 받은 사람이 많으면 많을수록 이런 대단한 인물도 많이 나온다. 구두 직공이 위대한 문학 작품을 쓰는 데 필요한 영혼을 갖고 있지 않다는 증거는 어디에도 없다. 단지 그는 감정을 발전시키고 그것을 대중에게 전하는 교육을 받지 못했을 뿐이다.

마찬가지로 여자도 남자만이 할 수 있는 일이 따로 있다는 편견을 버리고 포부를 크게 가져야 한다. 그리고 자신의 가정만이 아닌 대중에게 행복을 줄 수 있는 일을 할 수 있도록 좋은 교육을 받아야 한다.

연애를 하든, 결혼 생활을 하든, 함께 지내는 여자에게 자신의 생각과 사상을 이야기하고 함께 나눌 수 있는 남자가 얼마나 될까. 고생을 함께해 주는 마음 착한 여자는 얼마든지 있다. 그러나 착하기만 한 여자에게는 사회 생활을 하면서 얻은 지식과 자신의 사상을 이해시키려면 처음부터 낱낱이 설명해야만 한다.

어떤 현상이나 상황을 판단하기 위해서 그처럼 복잡한 단계를 거쳐야 하는 여자에게서 현명한 조언을 기대한다는 것은 어리석은 일이다. 이런 여자에게 남자는 정신적인 위안을 얻지 못하고, 곧 권태를 느끼게 된다.

반대로 여자가 매우 지적이고 현명하다면 남편은 아내에게 모든 일을 의논해 올 것이다. 그렇게 되면 서로 많은 부분을 공유할 수 있고, 함께 인생의 고락을 헤쳐 나간다는 동지애도 느낄수 있다.

일생에 한 번 인류를 위해 대단한 일을 해낼 기회를 맞는 남자가 있다. 그러나 함께 지내는 여자가 똑똑하고 현명하지 못하면 인류에게서 이 좋은 기회를 앗아가 버린다. 이런 남자에게 단지 좋은 양복점을 선택하는 조언만 해 주는 여자가 있는 것이다.

그래서 나는 인류를 위해서라도 여자들에게 남자들과 똑같은 교육을 시켜야 한다고 생각한다. 남자만 배우는 과목이 따로 있어서는 안 되고, 모든 학문을 똑같이 배워야 한다. 그리고 여자는 어머니에게서 연애, 결혼, 남자의 불성실함 등에 대해 실제적인 내용을 배워야 한다.

# 결혼은 스스로 선택하라

부모의 강요나 집안 체면 때문에 사랑이 없는 결혼을 한 여자가 정절을 지킨다는 것은 자연에 위배되는 일이다. 그동안 사람들은 이 자연에 반하는 일을, 지옥의 공포를 설교하는 종교로써 지켜 가게 했다.

그러나 지옥이 무서워 진실을 숨긴다는 것은 매우 거짓된 일이며 지극히 이기적인 일이다. 우리가 잘 아는 투르벨 부인은 발몽이라는 남자를 사랑했지만 그의 유혹을 거절했다. 혹시 자신의 불륜 때문에 죽어서 지옥의 끓는 가마솥에 들어갈까 봐 걱정되었기 때문이었다. 내가 만일 발몽이라는 남자였다면 '내가 겨우 지옥의 가마솥보다도 못한 존재인가' 하고 기분이 상해서 투르벨 부인이 싫어졌을 것이다.

여자가 결혼한 후에 정절을 지키기 바란다면 결혼 전에 충분히 연애할 자유를 주어야 한다. 여러 남자들을 만나서 남자와 자신의 행복에 대한 이해의 폭을 최대한으로 넓혀야 한다. 그리고 결혼 후에는 자신의 행복을 위해서 스스로 이혼을 선택할 수 있게 허용해야 한다. 대부분의 여자들은 자기 자신보다 남들의 눈 때문에 스스로 이혼을 포기하는 경우가 많다.

하지만 이것을 잘 알아야 한다. 여자는 결혼함으로써 청춘의 가장 아름다운 날들을 잃게 되고, 이혼함으로써 어리석은 사람들의 입방아에 오르게 된다는 것. 정말 딱한 일은 사랑 없이 결혼해서 내내 정절을 지키던 젊은 여자가 마침내 사랑하는 남자를 만나서 남편에게 이혼을 요구하는 순간 과거에 애인을 50명이나 두었던 여자들에게서조차 비난을 받는다는 점이다.

하지만 가장 불행한 여자는 남편을 사랑하지 않고 냉랭하게 살면서 체면 때문에 사랑하는 남자의 구혼을 거절하고 있는 유부녀이다. 그런 여자는 평생을 불행하게 살아야 할 이유를 스스로 만든 것이기에 동정의 가치도 없다.

# '돈 후안' 형 남자와 '베르테르' 형 남자

젊은 남자들끼리 모여서 여자에 대해 이야기하다 보면, 여자를 손에 넣기 위해서는 돈 후안처럼 해야 하는지, 아니면 베르테르처럼 해야 하는지 토론을 벌이게 된다.

돈 후안이라는 남자는 여자를 유혹하는 데 뛰어난 희대의 방탕아 플레이보이를 말하고, 베르테르는 저 유명한 괴테의 소설 『젊은 베르테르의 슬픔』의 주인공으로 이루지 못한 사랑에 비관하여 권총 자살을 하는 청순한 영혼의 남자를 말한다.

'돈 후안' 형 남자는 세상을 사는 데 유용한 성품을 지녔으며, 인기도 많다. 대담하고 임기응변도 뛰어나며, 활발하면서도 침착하며 재치도 많다. 그러나 이따금 공허함을 느끼며, 말년 역시 비참한 경우가 많다.

'베르테르' 형의 남자는 온갖 아름다움을 느끼는 데 자신의 영혼을 열어 놓고 있다. 감미롭고 아름다운 순간, 달빛, 숲의 아름다움, 그림의 아름다움 등을 사랑하는 것이다.

이런 사람에게 미의 형태는 아무래도 좋다. 옷이 낡았어도 돈이 없어도 행복할 수가 있다. 하지만 감수성이 너무 지나쳐 광적인 정신 상태가 되는 경우도 있다.

맑은 영혼을 소유한 여자라면 소녀 시절만 지나면 진정한 사랑이 어떤 것인지 구별할 수 있다. 따라서 이런 여자가 '돈 후안' 형 남자에게 넘어가는 일은 없다. '돈 후안' 형 남자에게는 유혹한 여자의 가치보다는 숫자가 중요하기 때문이다.

방탕한 남자들은 대개 매우 유복한 가정에서 태어난다. 그리고 그들이 받은 교육과 주변 사람들의 영향 때문에 이기적이며 몰인정한 사람이 된다. 더 심한 경우에는 여자의 불행을 즐기는 남자도 있으니 주의해야 한다.

사람이 자신의 기질, 즉 영혼을 선택하여 태어날 수 없는 것처럼 아무리 노력해도 돈 후안이 베르테르처럼, 그리고 베르테르가 돈 후안처럼 살 수는 없다.

'베르테르' 형 남자의 삶이 더 서정적이고 달콤하겠지만, '돈 후안' 형 남자의 삶이 훨씬 화려하다는 것은 부인할 수 없다. '베르테르' 형 남자가 아무리 내성적인 취미와 명상적인 습관을 버린다 하더라도 여전히 사교계에서는 그다지 눈에 띄지 않을 것이다.

반대로 '돈 후안' 형 남자는 남자들 사이에서도 부러움을 사고, 방탕한 기질만 버린다면 진실한 사랑도 얻을 수 있다.

# 어떤 남자를 선택할 것인가

'돈 후안' 형과 '베르테르' 형은 각각 장단점이 있으므로 어느 쪽의 삶이 더 나은지는 딱 잘라 말할 수 없다. 그러나 나는 '베르테르' 형 남자가 더 행복하다고 생각한다. '돈 후안' 형 남자에게는 연애가 한낱 평범한 일상사에 지나지 않기 때문이다.

'베르테르' 형 남자는 사랑의 욕망에 맞추어 현실을 재구성하기 때문에 완벽한 행복을 누리지만, '돈 후안' 형 남자는 야심이나 돈에 대한 탐욕과 마찬가지로 사랑의 욕망도 있는 그대로의 냉혹한 현실 속에서 만족해야 하기 때문에 그 행복도 불완전할 수밖에 없다.

즉, '돈 후안' 형 남자는 결정작용을 통해 황홀한 몽상에 빠져 있는 것이 아니라, 싸움터의 장군처럼 작전의 성공만을 생각하고 있는 것이다. 이들은 사람들이 생각하듯이 남보다 더 사랑을 즐기고 있는 것이 아니라 오히려 사랑을 잃어버리고 있다.

또 하나 중요한 점이 있다. 바로 '베르테르' 형 남자는 절대 악인이 아니라는 것이다. 특별한 경우를 제외하고는, 사람의 도리를 지키는 사람은 행복하게 산다.

그러나 '돈 후안' 형 남자들은 자기와 관련된 사람에 대한 의무를 모두 저버린다. 인생이라는 큰 시장에서 물건만 받고 돈은 결코 준 적이 없는 악덕 상인이다. 인간은 서로 동등하며 지켜야 할 도리가 있다는 사실을 그는 모른다. 또한 '돈 후안' 형 남자는 너무나 자기애에 빠져 있기 때문에 자신이 저지른 악덕을 깨닫지 못하고, 기뻐하는 것도 괴로워하는 것도 이 우주 안에 자기 혼자라고 생각한다.

'베르테르' 형 남자가 청춘의 불꽃이 타올라 온갖 열정으로 생명력을 느끼고, 상대의 마음을 조금도 의심하지 않을 때, '돈 후안' 형 남자는 감각적인 기쁨밖에는 느끼지 못한다.

그리고 '베르테르' 형 남자가 상대에게 의무를 다하는 것을 보며, 자기 일밖에는 생각하지 않는 자신을 자랑스럽게 생각하고, 이것이야말로 탁월한 생활 방식이라고 자부한다.

그러나 머지않아 인생이 덧없이 흘러가고 있음을 깨닫고 그때까지 기쁨을 주었던 것에 대해 차츰 혐오감을 느낀다. 그래서 "여자를 유형별로 나눠 봐도 스무 가지도 채 안 돼. 그것도 유형별로 서너 명만 만나 보면 곧 싫증이 나지."라고 말하는 남자도 있었다.

나는 그 남자에게 이렇게 말해 주었다.

"연인에게 영원히 싫증을 느끼지 않으려면 연인에 대한 환상을 잃어버려선 안 돼. 그것만 간직하고 있다면 어떤 여자라도 그녀만의 매력을 느낄 수 있지. 같은 여자라도 3년 빨리 알았느냐 늦게 알았느냐에 따라서 다른 사랑을 할 수 있어."

# '베르테르' 형 남자와 연애하라

나이가 든 '돈 후안' 형 남자는 자기가 싫증을 느끼는 것은 다 여자의 탓이라고 생각한다. 자신의 탓이라고는 절대 생각하지 않는것이다. 그래서 자신을 좀먹고 있는 독의 고통으로 몸부림치며 연달아 상대를 바꾼다.

그러나 그렇게 해 봤자 겉만 화려할 뿐, 고통의 종류를 바꾸는 짓에 불과하다. 이제 그는 평온한 권태에 빠지느냐, 아니면 안절부절못하는 권태에 빠지느냐만을 선택할 수 있을 뿐이다.

마침내 이런 자신의 상황을 인식하게 되면, 어떻게 해서든 자신의 능력을 타인에게 인정받지 않고서는 못 견디며, 보란 듯이 부도덕한 짓을 한다. 이제 막다른 골목까지 온 것이다.

그러나 정말 똑똑한 사람이라면 이 막다른 골목에서 되돌아나올 수도 있다. 원래 '돈 후안' 형 남자의 성격은 근본적으로 앞뒤가 맞지 않는 모순을 지니고 있기 때문이다. 물론 지성이 있는 똑똑한 사람이라야 가능하다. 이처럼 지성이라는 것은 사람을 훌륭한 행동을 하게 만드는 것이다.

연애의 기쁨은 사랑하는 데 있다. 내가 상대방에게 열정을 일으키는 것보다 내가 상대방 때문에 열정을 느끼는 것이 더 행복한 것이다. 따라서 '돈 후안' 형 남자들의 행복은 덧없는 것이다. 전투에서 승리한 장군도 이런 남자보다는 더 강한 기쁨을 느낄 것이다.

이에 비해 오랫동안 짝사랑해 왔던 여자에게서 사랑한다는 말은 들은 '베르테르' 형 남자의 기쁨은 마렝고 전투에서 승리한 나폴레옹의 기쁨보다도 큰 것이라고 장담한다.

'돈 후안' 식의 연애는 취미로 사냥하는 것과 똑같은 것이다. 쉴새없이 자신의 실력에 도전해 오는 여러 자극에 따라 움직이는 것이다. 그러나 '베르테르' 식 연애는 한 편의 비극 작품을 탄생시키려고 천 번이나 쓰고 또 쓰는 풋내기 학생의 심정과 같은 것이다. 정열적인 사랑에 빠진 남자는 모든 만물이 마치 어제 새로 만들어진 것 같은 새로움을 느낀다.

그리고 이 모든 풍경에서 사랑하는 여자의 모습을 보는 것이다. 그러나 '돈 후안' 형 남자는 이러한 사랑의 환상에는 관심이 없다. 여자의 가치는 오직 자신에게 얼마나 유용한가에 따라 정해지며, 새로운 흥미로 자극을 줄 수 있어야만 한다.

'돈 후안' 형 남자는 '베르테르' 형 남자의 맹세와 순정을 비웃는다. 그리고 어차피 남녀관계에서 중요한 것은 육체적 쾌락이 아니냐고 따진다. 하지만 2주일 동안 애를 태운 애인과 3달 동안 즐기는 쾌락과, 3년 동안 쫓아다닌 애인과 10년 동안 즐기는 쾌락은 다른 것이다.

'영원히 즐기는 쾌락'이라고 하지 않은 것은, 나이가 들면 몸도 변해서 사랑의 쾌락을 즐길 수 없다고 말하는 사람들도 있기 때문이다. 그러나 나는 절대 그렇게 생각하지 않는다.

나이가 들면 애인은 친구가 되어 노년에만 느낄 수 있는 또 다른 기쁨을 줄 것이다. 마치 아침에는 장미였던 꽃이 저녁에는 달콤한 열매로 변하는 것과 같다.

3년이나 마음을 졸이며 사랑했던 여자는 말 그대로 한 남자의 주인이 된다. 곁에만 가도 가슴이 마구 떨릴 수밖에 없다. '돈 후안' 형 남자에게 충고하건대, 가슴 떨림이 있는 한 권태란 느낄 수 없는 법이다.

# 제3부

# 나라마다 다른 연애 기질

# 자신의 연애를 분석하는 법

사람의 기질은 다음 여섯 가지로 나눌 수 있으며, 모든 연애와 상상력은 이것에 영향을 받는다.

첫째는 다혈질이다. 이 기질은 쾌활하고 활동적이나, 성급하고 인내력이 부족하다. 프랑스인에 다혈질이 많다. 예를 들면 데피네 부인의 회상록에 나오는 프랑쿼이유 부인이 대표적이라고 말할 수 있다.

둘째는 담즙질이다. 이 기질은 침착하고 냉정하며 의지력과 인내력이 강하나 고집스럽고 거만하다. 스페인 사람이 그러하다. 로쟁의 작품 생 시몽의 『회상록』에 나오는 페길렌이 바로 그런 사람이다.

셋째는 우울질이다. 이 기질은 사소한 일도 지나치게 생각하여 쓸데없이 애쓰면서 늘 마음이 우울하기만 하다. 독일인이 이에 해당한다. 실러의 작품 『돈 카를로스』의 주인공이 그러하다.

네 번째는 점액질이다. 이 기질은 감정이 차고 활발하지 못하지만 침착하고 의지가 강하며 끈기 있다. 이 기질은 네덜란드인들에게 많다.

다섯째는 신경질이다. 이 기질은 신경이 예민하여 사소한 자극에도 필요 이상으로 민감하게 반응한다. 예를 들면 프랑스의 작가 볼테르가 바로 여기에 해당한다.

여섯째는 장사 기질이다. 기원전 6세기경 힘이 놀랄 만큼 세서 전설로 남은 장사 밀론이 여기에 해당한다.

이처럼 다양한 기질이 야심, 탐욕, 우정 등에 영향을 미친다면, 과연 연애에는 어떤 영향을 미칠까?

이미 밝힌 것처럼 연애는 네 가지 종류로 나눌 수 있다. 그렇다면 네 종류의 연애에, 앞서 말한 여섯 가지 기질이 상상력에 미치는 여섯 가지 변화를 적용해 볼 수 있다. 이렇게 해서 얻은 모든 배합은 또다시 정치 형태 또는 국민성에 따라 달라질 수 있다.

콘스탄티노플에서 볼 수 있는 것 같은 아시아적인 전제주의,

루이 14세 식 절대군주제, 영국처럼 헌장의 가면을 쓴 귀족제도, 미국과 같은 연방공화제, 스페인이나 포르투갈, 프랑스처럼 혁명 상태에 있는 국가 등과 같은 다양한 국가의 정치나 상황이 각 기질의 개인이 저마다 하고 있는 연애의 종류에 영향을 미치는 것이다.

또한 이 이외에도 나이 차이, 개인적인 특성이 연애에 영향을 줄 수 있다. 따라서 예를 들어 다음과 같이 말할 수 있을 것이다.

"내가 드레스덴의 볼트슈타인 백작에게서 발견한 것은 허영적인 연애, 우울질, 군주제적인 관습, 나이 30세, 그리고 개인적인 특성은…."

이런 관찰법은 상황을 간단하게 만들고, 연애를 고찰하는 인간의 머리를 냉정하게 만들어 준다. 이것은 매우 중요한 것이지만, 그만큼 어려운 일이다.

하지만 우리가 비교 해부학적으로 몸을 살펴보지 않으면 우리의 몸을 제대로 알 수 없는 것처럼, 정열의 경우에도 허영심을 비롯한 여러 가지 착각이 자신의 정열을 제대로 파악하지 못하게 방해하는 경우가 있으므로, 관찰을 통해서만 자신의 내부에서 일어나는 일을 제대로 알 수가 있다.

이 글이 그래도 조금이나마 도움이 된다면, 그것은 독자의 정신을 인도하여 이런 종류의 비교를 해 보게 하는 일일 것이다. 이런 일에 좀더 도움이 되게 하게 위해 각 나라 국민의 일반적인 연애 경향을 써 보려고 한다. 이야기가 전개되는 가운데 자주 이탈리아의 연애에 대해 언급하더라고 이해해 주기를 바란다.

현재 유럽의 풍습으로는 이탈리아만이 내가 이야기하고자 하는 연애라는 나무를 무럭무럭 자라게 하는 유일한 나라인 것이다. 프랑스에서는 허영심이, 독일에서는 우습기 짝이 없는 미친 철학이, 영국에서는 소심하고 까다로운 자존심이, 이 나무를 괴롭히고 질식시켜 엉뚱한 방향으로 자라게 한다.

# 프랑스인의 연애 1
## 애인보다는 허영심

　나는 모든 개인적인 감정을 버리고, 오직 냉정한 철학자로서 이 내용을 쓰려고 한다. 프랑스의 여자는 허영심과 육체적 욕망밖에 없는 매너 좋은 프랑스 남자에게 길들여졌기 때문에, 스페인이나 이탈리아의 여성보다 정열적이지 못하고, 남자들에게 경외의 대상이 되지도 못하며, 특히 진정한 사랑을 받는 일도 없고, 권력도 없다.

　여자는 원래 애인의 마음을 얼마나 아프게 할 수 있느냐에 따라 남녀 사이에서 권력을 갖는다. 그런데 허영심밖에 없는 남자에게는 모든 여자가 쓸모 있기는 하지만 없으면 안 되는 존재는 아니다.

　남자가 성공이라고 여기는 것은 여자를 정복하는 것이지, 보유하는 것이 아니기 때문이다. 게다가 이런 남자에게는 언제라도 육체적 욕망을 풀어 줄 창녀가 있다.

　프랑스의 창녀는 매력적인데 스페인의 창녀는 그렇지 못한 것은, 다 이런 이유 때문이다. 프랑스에서 창녀는 많은 남자에게 양가집 부인과 똑같은 정도의 행복, 즉 사랑이 없는 행복을 줄 수가 있다.

프랑스 남자들에게는 항상 애인보다 중요한 것이 하나 있다. 바로 허영심이다. 파리의 청년은 애인을 자신의 허영심을 만족시켜 주는 노예로밖에는 생각하지 않는다. 만일 여자가 자신의 가장 중요한 이 열정을 만족시켜 주지 못하면 그녀를 버린다. 그리고 나서 자신이 얼마나 멋지고 깨끗하게 그녀를 버렸는가를 친구에게 자랑하며, 더욱 자신에게 만족한다.

자기 나라를 잘 알고 있는 한 프랑스 사람은 "프랑스에는 위대한 정열이 위대한 인물만큼 드물다."고 말하기도 했다. 그래서 여자에게 버림받고 절망하고 있다는 소문이 온 마을에 퍼진다는 것은 프랑스 남자에게는 있을 수 없는 일이다. 그러나 베니스나 볼로냐에서는 얼마든지 있을 수 있다.

파리에서 사랑을 발견하고 싶다면, 교육을 받지 못하고 허영심이 없으며 먹고살기 위해 필사적으로 살아가야 하는 계층에서나 찾아보아야 할 것이다.

자기에게 충족되지 않은 커다란 욕구가 있다는 것을 남들에게 드러내는 것은 자기가 열등하다는 것을 드러내는 것과 같기 때문에, 프랑스에서는 진정한 사랑이란 최하층 사람들밖에는 할 수 없는 일이다.

그런 일을 하면 온갖 심술궂은 입방아에 몸을 내맡기는 꼴밖에는 안 된다. 그래서 자기의 마음을 경계하는 청년은 그처럼 창녀를 예찬하게 되는 것이다.

# 프랑스인의 연애2
## 연애가 두려워

중세에 항상 존재하던 위험이 그 시대를 사는 사람들의 마음을 강하게 만들었다. 그것이 16세기 사람들이 그토록 우수할 수 있었던 제2의 원인일 것이다.

코르시카나 스페인, 이탈리아처럼 지금도 자주 위험이 그 맹위를 떨치고 있는 나라는, 지금도 위대한 인물을 낳을 수 있다.

1년 중 3개월은 타는 듯한 더위가 담즙을 끓게 하는 이러한 풍토에서 단지 부족한 것은 원동력의 방향 지침이 없다는 것뿐이다. 나는 파리에는 원동력 그 자체가 없는 것이 아닌가 하고 걱정스러울 뿐이다.

몽미라유나 불로뉴의 숲에서 싸움을 할 때는 그처럼 용감하던 프랑스 청년들이, 사랑을 두려워하고 있다. 스무 살이 되어서도 아름다운 아가씨를 피하는 것은, 사실은 소심하기 때문이다.

그들은 소설에서 남자가 연애를 하면 어떤 행동을 해야 하는지에 대해 읽은 것을 생각만 해도 소름이 끼친다. 이런 냉담한 사람은 정열의 폭풍이 바다의 파도를 거칠게 하는 동시에, 배의 돛을 팽창시켜 파도를 헤치고 가는 힘을 준다는 걸 모른다.

사랑은 감미로운 꽃이다. 그러나 무서운 낭떠러지 끝에까지

가서 그것을 따는 용기가 필요하다. 사랑을 하면 사람들에게서 이상한 눈초리를 받을 뿐만 아니라, 쉴새없이 여자에게서 버림을 받는다는 절망의 가능성이 따라다니는 것이며, 그렇게 되면 인생에는 죽음의 공허밖에는 남지 않는다.

문명을 완성시키기 위해서는 19세기의 모든 섬세한 쾌락에, 좀더 자주 위험의 존재를 결부시켜야 할지도 모른다. 우리는 위험에 몸을 자주 드러냄으로써 사생활의 기쁨을 무한히 증대시킬 수 있다.

그때가 올 때까지 우리는 유능한 교사가 완벽한 방법과 최신 과학에 입각해서 가르치는 파리의 교육 시설에서, 넥타이를 매고 불로뉴의 숲에서 우아하게 결투하는 것밖에는 모르는 속물들이 배출되는 것에 놀랄 수밖에 없다.

외국의 군대가 조국의 땅을 짓밟았을 때 프랑스에서는 도로가 만들어졌으나, 스페인에서는 게릴라가 조직되었다. 내가 만일 내 자식을 혼자 힘으로 성공하는 사람, 자신의 재능으로 세상을 헤쳐 나가는 정력적이며 빈틈없는 사람으로 만들고자 한다면, 로마에서 교육을 받게 할 것이다.

# 프랑스인의 연애 3
## 남들이 어떻게 생각할까

프랑스를 좀더 비판해 보자. 이 글에서 프랑스가 차지하는 비중는 중요하다. 왜냐하면 파리는 대화와 문학의 우수성으로 현재에도 미래에도 항상 유럽의 살롱 자리를 잃지 않을 것이기 때문이다.

위대한 정열이란 점에서 보면 프랑스는 독창성이 없는데, 그 원인은 다음 두 가지 때문이라고 생각한다.

첫째는 진정한 명예심이다. 즉, 바야르 장군처럼 무훈을 세우려는 욕망이다. 그러나 이것도 사교계에서 존경을 받고 매일 허영심을 만족하기 위한 것일 뿐이다.

두 번째는 어리석은 명예심이다. 즉, 파리 상류사회의 세련된 신사처럼 되고자 하는 욕망이다. 살롱에 들어가는 법, 연적에게 냉정하게 대하고 연인과 헤어지는 기술 등을 배우고자 하는 것이다.

어리석은 명예심은 허영심을 채우기 위해서라면 진정한 명예심보다 훨씬 도움이 된다. 어리석은 명예심 자체가 바보 같은 자들에게는 이해되기가 쉽고, 매일 매일의 행동만이 아니라 순간 순간의 행동에까지 적용할 수 있기 때문이다.

진정한 명예심은 없어도 어리석은 명예심만 있다면 사교계에서 환대를 받는다. 그러나 그 반대의 경우는 불가능하다.

상류사회에서 세련되게 행동하는 사람들은 어떤 사람들일까.

첫째, 제아무리 중대한 문제라도 풍자적으로 다룬다. 과거의 진정한 상류사회 사람들은 어떤 일에도 깊이 감동되는 법이 없었으므로 그런 태도를 취해야 했다.

또한 프랑스 사람이라면 남에게 감탄하는 모습을 보여서는 안 된다. 그런 모습을 보이는 것은 자신이 열등하다는 것을 드러내는 것이며, 더 나아가 어떤 사람이 그가 감탄하는 걸 대수롭지 않게 여긴다면 그는 그 어떤 사람보다 뒤떨어지는 것이 되기 때문이다.

반대로 독일이나 이탈리아, 스페인에서는 감탄이 선의와 행복으로 넘치는 행위이다. 감탄하는 사람은 그런 자신을 자랑스럽게 생각하며, 그런 그를 나쁘게 말하는 사람을 가엾게 여긴다. 또한 나쁘게 말하는 사람도 감탄하는 사람을 절대 비웃지는 않는다.

왜냐하면 그런 나라에서는 어리석은 일을 해도 단지 행복에서 벗어난 것일 뿐, 어떤 생활 태도를 모방하는 것은 아니기 때문에 남을 비웃는다는 것은 있을 수 없다.

둘째, 프랑스 남자들은 혼자 있게 되면 자신을 매우 불행하고 형편없는 남자라고까지 생각한다. 그런데 고독이 없는 연애란 도대체 무엇이란 말인가.

셋째, 정열에 사로잡힌 사람은 자신의 일밖에는 생각하지 않는다. 그러나 존경을 받고 싶은 사람은 타인의 일밖에는 생각하지 않는다. 더구나 1789년 이전의 프랑스에서는 개인의 안전이란 어느 집단, 예를 들면 사법관 집단의 일원이 되어서 다른 구성원에게 보호를 받을 수밖에 없는 것이었다.

그렇기 때문에 주변 사람의 생각이 자신의 행복과 밀접하게 연결되어 있었던 셈이다. 이것은 파리 시내보다 궁정에서 더욱 심했다. 물론 이런 관습은 날마다 힘을 잃어 가고 있지만, 아직도 1세기 동안은 프랑스 사람을 지배할 것이다.

정열에 사로잡힌 사람은 개성이 빛나며 다른 사람과는 전혀 다르다. 그런데 이것이 프랑스에서는 모든 비웃음의 원천이 된다. 더구나 정열에 사로잡힌 사람은 다른 사람의 감정까지 상하게 한다. 이것이 비웃음에 박차를 가하게 한다.

# 이탈리아인의 연애
## 자유롭게 정열적으로

이탈리아인들은 순간적 영감만으로도 행복을 느낄 수 있는 사람들이다. 이런 점은 독일이나 영국 사람들도 마찬가지다. 더구나 이탈리아는 중세 도시의 미덕이었던 실용주의가 군주에게 유리하도록 마련된 명예심에 왕좌를 빼앗기지 않았던 나라이다. 진정한 명예심이 어리석은 명예심보다 앞서는 것이다.

어리석은 명예심은 늘 스스로에게 이렇게 묻는다. "다른 사람은 내 행복을 어떻게 생각할까?" 하지만 감정상의 행복은 밖으로 드러나지 않기 때문에 허영심의 대상이 될 수 없다. 그 증거로, 프랑스는 세계에서 연애결혼이 가장 적다.

이곳에서 연애를 한다는 것은, 파리에서처럼 매주 50분 동안 만나고 나머지는 사람들의 눈을 피해서 남몰래 눈길을 주고받거나 손을 잡거나 하는 것이 아니다. 연애를 시작한 남자는 매일 네댓 시간을 사랑하는 여자와 함께 지낸다. 연인에게 소송에 관한 이야기며, 자기 집의 영국식 정원이며, 사냥 갔던 이야기, 승진에 대한 이야기를 들려준다.

이탈리아에는 또 다른 장점이 있다. 아름답고 푸른 하늘 아래서 삶을 만끽할 수 있는 여유가 있어, 온갖 아름다움을 민감하게 느낄 수 있다. 그리고 연인에 대한 의심이 마음에 외로움을 더하게 하여 친밀감을 배가시켜 준다.

또한 그들은 소설뿐 아니라 다른 책도 잘 읽지 않기 때문에 순간적인 감동에 쉽게 따를 수 있으며, 사랑과 비슷한 감동을 일으키는 음악에 대한 정열이 있다.

1770년경의 프랑스에는 연인을 의심하고 불안해하는 마음 같은 것은 없었다. 반대로 남의 시선에 신경 쓰는 일이 가장 중요했다. 룩셈부르그의 공작부인에게는 남자친구가 1백 명이나 있었지만, 진정한 의미의 연애관계도 우정도 없었다.

이탈리아인들은 누구나 정열적이어서 정열적으로 연애하는 것이 조금도 이상하지 않다. 살롱에서는 공공연하게 사랑에 관한 토론을 벌인다.

연애의 증상이나 주기에 대해서는 누구나 잘 알고 있어서 다들 흥미롭게 관심을 나타낸다. 애인에게 버림받은 남자를 보고 사람들은 말한다. "반년은 괴로워해야 할 걸세. 하지만 나중엔 누구누구처럼 회복될 거야."

이탈리아에서 세상의 평판은 정열의 충실한 하인일 뿐이다. 이 나라에서는 당장 느끼는 행복이 다른 나라의 사교계가 쥐고 있을 실권을 행사한다.

그 이유는 간단하다. 사람들은 허영심이나 권력자에게 아첨하는 일 따위에는 관심이 없기 때문에, 그들에게는 사교계가 아무런 의미가 없다.

물론 정열에 사로잡힌 남자를 나쁘게 말하는 사람도 있지만, 모두들 그렇게 말하는 사람을 바보로 취급한다. 알프스 남쪽에서는 사교계가 감옥이 없는 전제군주에 불과한 것이다.

그러나 파리에서는 남의 문제에 관심을 보이면 결투를 해야 하거나 말다툼을 해야 하므로, 풍자의 그늘 속에 숨는 것이 편리하다.

그런데 대부분의 청년들은 다른 길을 선택했다. 즉, 장 자크 루소와 스타엘 부인과 같은 길을 선택한 것이다. 풍자는 이미 진부한 방법이 되었으므로 이제는 감수성을 가져야 할 때가 된 것이다. 드 프제(1741~1797, 풍자시 작가)도 현재라면 다를링쿠르(1786~1865, 감상적 문장이 특징인 소설가) 씨처럼 과장된 문장을 쓸 것이 틀림없다.

그리고 1789년 프랑스 대혁명 이후 사람들은 실리, 즉 개인의 감정을 소위 명예라든가 세평의 권위보다 귀중하게 생각하게 되었다. 의회의 광경을 보면 알겠지만, 이제 시대는 모든 것을, 심

183

지어 농담까지도 논쟁하고 토론할 것을 가르치고 있다. 이제 국민은 더욱 진지해지고, 낭만적인 연애는 설 곳을 잃고 있다.

나는 프랑스인으로서 이렇게 말한다. 한 나라의 부를 이루는 것은 소수의 거부가 가진 재산이 아니라 다수의 중산층 계급이 가진 재산의 축적이라고. 어느 나라에서건 정열적 연애는 드문 것이 되었지만, 프랑스에서는 특히 허영적 연애에 한층 더 공을 들이게 되었고, 그러한 연애에서 더 행복을 느끼고 있다.

1822년의 프랑스에는 무어(아일랜드 시인), 월터 스콧, 바이런(영국 시인), 몬티, 펠리코(이탈리아 낭만파 시인) 같은 문학가들이 없었다. 그러면서도 문화적이었고 시대에 부응하는 지적 수준을 갖춘 지식인도 영국이나 이탈리아보다 많았다.

이것이 1822년 프랑스 하원의 논쟁이 영국 의회의 논쟁보다 뛰어난 이유이다. 영국 자유주의자들의 의견이 시대에 뒤떨어진 중세적인 사고방식이라고 느껴지는 이유도 그 때문이다.

어느 로마의 화가가 파리에서 이런 편지를 썼다.

"이곳이 정말 마음에 안 든다. 아마 내 뜻대로 사랑할 수 있는 분위기가 아니기 때문일 것이다. 이곳에서는 감수성이 생겨나는 족족 사라지고 만다. 적어도 나의 눈에는 이렇게 해서 감수성의 원천까지 퍼내어 마르게 되는 것처럼 보인다. 로마에서는 매일매일 사건에 신경을 쓰지 않아도 되고 사람들도 남의 일에 무신경하므로, 감수성은 축적되어 정열을 돕는다."

# 로마인의 연애
## 자연스럽고 소박하게

다음과 같은 광경은 로마에서가 아니면 볼 수 없다. 오늘 아침, 자가용 마차까지 있는 점잖은 부인이 그저 안면이 있는 여자에게 이렇게 말했다.

"이봐요, 파비오 비텔레스키와 연애를 해서는 안 돼요. 차라리 노상강도와 연애하는 게 낫지. 겉으로는 다정하고 얌전한 듯하지만, 당신의 심장에 칼을 찌르고 가슴 깊이 쑤셔 넣으면서 다정하게 웃으며 '아파?' 하고 말할 인간이에요."

그것도 상대방 부인의 열다섯 살짜리 딸 앞에서 이런 말을 하는 것이었다. 이런 태도에는 고상함이나 천박한 호기심이 존재하지 않으며, 다만 위대한 자연스러움이 소박하게 전개될 뿐이다. 남방 사람의 이런 자연스럽고 친밀한 태도에 감정이 상하지 않는 북방 사람이라면, 1년 이상 이 나라에 머문 후에는 다른 나라의 여자들에게는 혐오감을 느끼게 될 것이다.

북방 사람들은 프랑스 여자의 섬세하고 예민한 모습을 보고 처음 사흘 동안은 참으로 사랑할 만한 매력적인 여자라고 생각한다. 그러나 나흘째가 되면 정나미가 떨어진다. 그러한 매력은 모두 미리 연구하고 암기한 것에 지나지 않으며, 어떤 경우든 어떤 사람에게든 똑같은 모습만 보여 줄 뿐이다.

로마에서 외국인은 다음과 같은 점을 잊어서는 안 된다. 만사가 자연스러운 나라에서는 지루함은 없지만, 이곳의 악은 다른 곳보다 훨씬 악하다는 것이다.

이야기를 남자에게만 한정한다면, 이곳의 사교계에는 다른 곳에서라면 사람들 앞에 나설 수 없는 일종의 괴물이 나타나는 일이 있다. 정열적이며 총명하지만, 용기가 없는 남자이다.

이러한 남자가 운명의 장난으로 어느 유명한 부인과 가까워진다고 하자. 그러면 그는 그 부인에게 열렬히 반해 버리고, 그녀가 다른 남자를 선택하기라도 하면 그 불행에서 빠져 나오지 못한다. 그리고 그렇게 함으로써 연적의 행복을 방해하는 것이다.

그는 자신의 체면 따위는 신경 쓰지 않고 연적과 자신을 괴롭히는 일에만 몰두한다. 그러나 아무도 그를 비난하지 않는다. '자기가 좋아하는 일을 하고 있을 뿐'이기 때문이다.

어느 날 밤, 여자는 참다못해 그 남자의 엉덩이를 걸어 찬다. 그런데 그 다음 날에는 엉덩이를 차인 남자가 여자에게 사죄를 하고, 여전히 태연하게 여자와 연적과 자신을 학대하는 것이다. 이 남자가 매일 참아내야 할 수많은 불행을 생각하면 소름이 끼친다. 이 남자가 살인자가 되지 않는 건 단지 용기가 부족하기 때문이리라.

백만장자의 아들이 겨우 하루 벌어 하루 사는 가난한 사람들이 보는 앞에서 대극장의 댄서와 호사스러운 살림을 차리는 것도 이탈리아가 아니면 볼 수 없는 광경이다. 이 친구는 늘 사냥을 하거나 승마를 즐기던 아름다운 청년이었는데, 어느 외국인을 질투하고 있었다. 그는 그 외국 남자를 직접 만나서 속을 털어놓는 대신 그 외국인에게 불리한 소문을 퍼뜨렸다.

프랑스라면 이 청년은 사람들의 극성에 떠밀려 자신이 퍼트린 소문이 진실이란 걸 증명하든지, 그 외국인과 결투를 하든지, 둘 중 하나는 해야 했을 것이다.

그러나 이곳에서는 여론도 경멸도 의미가 없다. 돈은 언제 어느 곳에서나 확실히 환영을 받는다. 파리에서 명예를 잃고, 도처에서 내쫓기는 백만장자라도 안심하고 로마로 가도 좋다. 재력에 따라서 그에 상응하는 존경을 받을 수 있을 것이다.

# 영국인의 연애 1
## 열정은 발로 소비하고

나는 최근 발렌시아의 '델 솔' 극장의 댄서들과 친해졌다. 그녀들 대부분은 품행이 대단히 단정하다고 한다. 일이 너무 피곤하기 때문이다.

비가노는 댄서 아가씨들에게 매일 아침 10시부터 오후 4시까지, 그리고 자정부터 새벽 3시까지 〈톨레도의 유대인 아가씨〉라는 발레를 연습시킨다. 그리고 매일 밤 두 차례씩 발레 공연을 하게 한다. 이것은 에밀을 되도록 많이 걷게 한 루소의 일을 떠오르게 한다.

오늘밤 자정쯤 아름다운 댄서들과 시원한 해변을 산책하면서 이런 생각을 했다. '이 발렌시아의 하늘 아래서 손에 잡힐 듯한 찬란한 별들을 바라보며, 상쾌한 바다의 미풍을 온몸으로 느끼는 즐거움은, 프랑스처럼 안개가 짙은 음산한 나라에서는 맛볼 수 없겠구나. 이것만으로도 먼 길을 온 가치가 있다.'

그리고 이런 생각도 했다. 영국 남자들이 그 문명국에 첩을 두는 관습을 점차 부활시키려고 하는 이유를, 이 귀여운 댄서들의 품행이 단정한 데서 찾을 수 있겠구나 하고 말이다.

이 섬나라에서 자유가 추방된 것은 극히 최근의 일이고, 국민성에는 우수한 독창성이 있는데도, 여자들에게는 독창적인 생각이 결여되어 있다.

이유는 간단하다. 영국에서는 여자의 순결이 남편의 자랑이다. 그러나 아무리 온순한 노예라도 그러한 사귐은 이윽고 무거운 짐이 된다. 그래서 영국 남자들은 이탈리아 남자처럼 사랑하는 여자와 함께 밤을 새울 수도 없고, 매일 밤 말없이 술이나 마실 수밖에 없다.

부부 생활에 권태를 느끼는 영국 남자들은 운동을 해야 한다는 구실로 매일 몇 십 킬로미터씩 걷는다. 그들을 보면 마치 인간이 걷기 위해 태어난 것 같다.

이렇게 해서 그들은 자신의 열정을 심장이 아닌 발로 소비한다. 그러면서도 애써 여성의 품격에 대해 이야기하며, 스페인과 이탈리아를 경멸하는 것이다.

이에 반해 이탈리아의 청년만큼 운동을 하지 않는 젊은이들도 없다. 운동이라는 것은 감수성을 둔하게 만들기 때문에 절대 하지 않는다. 건강을 위해 하는 수 없이 때때로 산책을 할 뿐이다.

# 영국인의 연애2
## 사랑보다는 자존심

영국의 남편들은 자존심을 이용해 대단히 교묘하게 불쌍한 아내들의 허영심을 부채질하는 것 같다. 특히 아내에게 천한 몸차림을 해서는 안 된다고 이른다. 그러니 딸들을 교육하는 어머니들도 덩달아 그렇게 교육하게 된다.

따라서 유행은 프랑스에서보다 이성적인 영국에서 훨씬 비상식적인 것으로 멸시받는다. 파리에서는 유행이 하나의 즐거움이지만, 영국에서는 더러운 것이 된다. 그리고 남편은 아내에게 강요하고 있는 우울한 생활의 대가로 이러한 귀족적 취미를 쾌히 승낙하고 있는 것이다.

한때 유명했던 버네이의 소설을 읽으면 남자의 무언의 자존심이 만들어 낸 영국 여자들의 사회가 어떠했는지를 잘 알 수 있다. 목이 말랐을 때 물 한 컵을 찾는 것은 천한 행동이라는 사회 관념 때문에 그녀가 묘사하는 여주인공들은 갈증으로 죽어 간다. 천한 것을 면하려고 가장 증오해야 할 가식에 빠진 셈이다.

유복한 22세의 영국 청년에게서 볼 수 있는 경계심을 같은 또래 이탈리아 청년에게서 볼 수 있는 연인에 대한 의심과 비교해 보자. 이탈리아 청년은 여자 마음에 확신을 가질 수 없어서 의심을 하는데, 가까워지면 의심을 버린다. 아니, 적어도 잊어버린다.

이에 반해 영국 청년의 경계심과 거만함이 배가되는 것은 바로 가장 애정이 두터워졌을 때다. "나는 지난 7개월 동안 그녀에게 여행을 가자는 이야기를 하지 않았습니다."라고 말하는 남자를 보았는데, 사실은 돈이 없는 것뿐이었다.

더구나 이것이 열렬하게 사랑하는 유부녀에게 22세 청년이 하는 말이었다. 영국 청년은 아무리 열렬하게 사랑하더라도 경계심을 잃지 않는다. 그러니 이 남자가 애인에게 "주머니 사정이 좋지 못해서 여행은 그만둘까 합니다."라고 말할 리는 만무한 것이다.

많은 혁명가들의 운명이 이탈리아 사람들을 의심 많은 사람들로 만든 것에 반해, 영국의 남자들은 다만 과한 허영심과 병적인 감수성 때문에 신중해질 수밖에 없었다는 점을 알아야 한다.

# 영국인의 연애3
### 권태로운 행복

프랑스 남자는 그때그때의 생각에 구애를 받지 않기 때문에 사랑하는 여자에게 무엇이나 다 이야기해 버린다. 그렇지 않으면 프랑스 사람은 친근한 감정이 들지 않는다. 그리고 친근한 감정이 없으면 여자의 호의를 얻을 수 없다는 것을, 프랑스 남자들은 알고 있다.

눈물을 글썽이며 괴로운 심정으로 나는 이상의 이야기를 썼다. 그러나 국왕에게조차 아부할 생각이 없는 내가 어느 한 나라에 대해, 단지 그 나라가 내가 가장 사랑하는 여인의 모국이라는 이유만으로 마음에도 없는 것을 쓸 수는 없는 것 아닌가. 물론 대단히 상식에서 어긋난 것을 말하고 있는지도 모르지만.

어쩌면 이것은 전제군주제의 저열함 때문에 생긴 것일지도 모른다. 나는 다음의 사항만을 덧붙이기로 한다. 즉, 모두가 이러한 관습에 파묻혀 남자의 자존심 때문에 자기의 지성을 희생하고 있는 많은 영국의 부인들 속에도 자신만의 독창성을 간직하고 있는 여성이 있는 이상, 매력적인 여성은 얼마든지 태어날 수 있다는 것이다.

그 다정다감한 이모젠이나, 애정이 두터운 오필리아의 살아 있는 모델이 아직도 영국에 있을지 모른다. 그러나 이러한 모델도 완벽한 영국 부인이 받을 수 있는 높은 존경은 절대 받을 수 없다.

완벽한 영국 부인이란 것은, 모든 관습을 철저히 지키고, 남편을 위해 극도로 병적인 귀족적 자존심을 만족시켜 주고, 몹시 권태로운 행복을 주는 것을 천직을 삼아야 한다.

바람이 잘 통하는 시원한 방이 열다섯 개에서 스무 개나 있는 집에서, 이탈리아 여성은 나지막한 소파에 기대 누워, 낮 시간동안은 사랑이나 음악 이야기를 들으며 보낸다. 그리고 또 밤에는 밤대로 극장에서 네 시간 동안 의자 깊숙이 몸을 파묻고 음악이나 사랑 이야기를 듣는다.

이렇게 스페인이나 이탈리아에서는 기후뿐만이 아니라 생활양식도 사랑을 돕는데, 영국에서는 정반대다. 나는 어느 쪽이 좋고 나쁜가를 말하는 것이 아니다. 다만 관찰을 하고 있을 뿐이다.

# 스페인인의 연애
## 지적이고 에너지가 넘치는

안달루시아는 이 세상에서 가장 안락하고 아름다운 곳 중 하나다. 나는 그동안 사랑을 만들어 내는 서너 가지의 광기에 대해 늘 이야기해 왔는데, 나의 그 지론이 이곳 스페인에서는 얼마나 잘 들어맞는지를 보여 주는 일화를 알고 있다.

프랑스 사람다운 의식으로 그런 일화는 쓰지 않는 것이 좋다고 충고하는 사람도 있다. 물론 나는 프랑스어로 쓰고는 있지만, 절대 프랑스 문학으로서 쓰고 있는 것은 아니라고 항변했다. 다행히 나는 오늘날 호평을 받고 있는 문학가들과는 아무런 공통점도 없다.

무어인은 안달루시아를 포기했지만, 그들의 건축 양식과 풍습을 남기고 떠났다. 이 풍습에 대해서 세비녜 부인과 같은 문체로 쓰는 것은 불가능하므로, 그들의 건축에 대해서만 쓰겠다.

그 주요한 특징은 어느 집에나 우아한 아치에 둘러싸인 조그마한 정원이 있다는 것이다. 견디기 힘든 여름의 무더위에도 이 아치 밑에는 기분 좋은 그늘이 있고, 조그마한 정원의 중앙에서는 언제나 분수가 물을 뿜는다. 그 단순하고 안락한 음향만이 이 감미로운 은신처의 정적을 깨뜨리고 있다. 대리석으로 만든 샘

물 주위에는 열두서너 그루의 오렌지나무가 둘러싸고 있다. 두꺼운 천이 텐트 모양으로 마당 전체를 덮어 일광이나 반사를 막고, 낮에 산에서 불어오는 미풍만이 통하도록 되어 있다.

그곳에서 아름다운 안달루시아 여자가 밝은 표정으로 손님을 맞는다. 검은 실크에 같은 색깔의 술이 달린 드레스 사이로 살짝 보이는 아름다운 발목, 흰 얼굴, 애정이 가득 찬 정열적인 눈. 이것이 바로 내 주위 사람들이 쓰지 말라고 충고하는, 천사와 같은 존재의 모습이다.

나는 스페인 국민을 중세기를 대표할 수 있는 살아 있는 표본이라고 본다. 그들은 쓸데없는 수많은 진리를 모른다. 이웃 나라 사람들은 그런 쓸데없는 진리를 알려고 하는 유치한 허영심이 있다. 그러나 그들은 꼭 필요한 위대한 진리는 잘 알고 있으며, 그 진리를 끝까지 추구할 수 있는 힘과 지성을 충분히 가지고 있다.

스페인 사람의 성격은 프랑스 사람과는 정반대이다. 프랑스 사람은 냉정하고 무례하고 우아하지 못하고 자존심만 세서, 다른 사람에게는 관심이 없다. 이것은 정녕 15세기와 18세기의 대조가 아닌가. 나폴레옹에게 유일하게 저항할 수 있었던 스페인 국민들은 어리석은 명예심이나 그에 따르는 우둔함에 조금도 물들지 않았다. 훌륭한 군법을 만들거나, 반년마다 군복을 바꾸거나, 커다란 박차를 달거나 하지는 않았지만, 이 국민에게는 그 대신 '그것이 어떻다는 말이냐' 라는 장군이 있는 것이다.

# 독일인의 연애
## 사랑은 하나의 신앙

증오와 사랑 사이를 쉴새없이 오가는 이탈리아인이 정열에 살고, 프랑스인이 허영심에 산다면, 고대 게르만 민족의 선량하고 소박한 자손인 독일인은 상상력에 산다. 생활에 밀접한 사회적 이해관계에서 벗어나면 그들은 곧장 그들이 소위 철학이라고 부르는 것에 뛰어든다. 이것은 악의가 없는 일종의 광기이다.

황제의 주치의였던 한 사람은 독일인의 사랑을 다음과 같이 묘사했다.

"오스트리아 여자처럼 친절하고 다정한 여자는 없다. 그녀들에게는 사랑이 하나의 신앙이다. 프랑스 사람에게 사랑을 품으면, 정말 문자 그대로 열렬히 사랑한다. 물론 마음이 잘 변하고 변덕스러운 여자는 어디에나 있다. 그러나 빈의 여자는 일반적으로 정숙하고 조금도 요염한 데가 없다. 정숙하다는 것은 자기가 택한 애인에게 그렇다는 말이다. 남편이라는 것은 빈에서고 다른 곳에서고, 거의 비슷한 것이다."

빈에서 제일가는 미인이 황제 사령부 소속의 내 친구 M대령의 사랑을 받아들였다. 그는 온순하고 머리가 좋은 남자였지만, 확실히 용모나 풍채가 뛰어나지는 못했다. 그런데 그 여자를 두고 우리의 용감한 참모 장교들이 서로 경쟁을 시작한 것이다.

그들은 갖은 전술을 다 동원하였다. 이 미인의 집은 미남 장교와 돈 많은 장교들에게 포위되었다. 그들이 이 미인의 창문 밑에서 시간을 보내며 그녀의 하녀에게까지 돈을 뿌렸으나, 모두 보기 좋게 내쫓기고 말았다. 파리나 밀라노에서는 이런 지독한 여자를 본 적이 없었을 것이다. 내가 이 매력적인 여자 앞에서 그들을 비웃자, 그녀는 말했다.

"그분들은 제가 M을 사랑한다는 것을 모르는 걸까요?"

쉰부른에 있었을 무렵, 나는 황제 전속 부대의 두 청년이 빈의 숙소에 아무도 초대하지 않는다는 걸 알았다. 우리는 그 근신하는 태도를 조롱했는데, 그 중 한 청년이 내게 말했다.

"실은 이 마을의 아가씨와 가까이 지내고 있었어요. 그런데 그 여자는 내 방에서 한 발자국도 나가지 않고 있고, 나는 그 여자의 허락 없이는 아무도 초대하지 않겠다는 약속을 했답니다."

이처럼 사진해서 들어앉은 여자에게 나는 호기심이 생겼다. 그래서 동양에서도 흔히 그러하듯, 의사라는 구실로 점심에 그집에 초대를 받았다. 가서 보니 그 여자는 남자에게 반해서 남자의 집에 틀어박혀 가사를 돌보며, 산책하기에 가장 좋은 계절인데도 조금도 외출을 하려고 하지 않고, 남자가 프랑스로 데려가주리라고 철석같이 믿고 있었다.

다른 한 청년 역시 마을의 자기 숙소에서는 절대로 사람을 만나지 않았는데, 나중에 내게 똑같은 사실을 고백했다. 나는 그의 애인도 만나 보았지만, 앞의 여자처럼 금발에 대단히 아름답고 날씬한 여자였다.

이 두 여자 중 18세의 아가씨는 유복한 가구상의 딸이었고, 다른 한 여자는 24세쯤 되었고, 오스트리아 장교의 아내였다. 이 유부녀는 프랑스와 같은 허영심의 나라에서라면 대단한 용기로 비쳐질 정도로 남자를 열렬히 사랑하고 있었다.

남자는 그녀에게 충실하지 않았지만, 그녀는 완벽한 헌신으로 그의 시중을 들었다. 그런데 그가 병이 들자 더욱 떨어지기 힘든 것 같았다. 얼마 뒤 그의 병세는 더 심각해졌지만, 아마도 그녀는 그 때문에 더욱 그를 사랑했으리라 생각한다.

나는 이곳에서 외국인에, 전쟁에 승리한 군인이었기 때문에 상류사회의 연애를 관찰할 수가 없었다. 우리가 도착했을 때 빈의 상류 계급은 모두 헝가리 영토로 도망갔기 때문이다. 그러나 내가 본 것만으로도 그들의 연애가 파리의 연애와는 다르다는 건 확신할 수 있다.

독일인에게 사랑은 일종의 미덕이며, 신성의 발로이며, 신비한 어떤 것이다. 그것은 이탈리아 여자들의 마음에 싹텄을 때처럼 격렬하지도 않고 질투가 많지도 않다. 사랑이 너무 깊어 천상의 사랑처럼 느껴진다. 이 점에서 영국 여자의 사랑과는 하늘과 땅 차이가 난다.

몇 년 전 라이프치히의 한 재단사가 질투에 사로잡혀 연적을 공원에서 찔러 죽인 일이 있었다. 그는 참수형을 받았다. 독일인다운 선량함과 쉽게 감격하는 마음을 지닌 모럴리스트들이 판결을 검토해 보더니 너무 가혹하다면서 재단사를 동정했다.

그러나 판결을 뒤집을 수는 없었다. 하지만 사형 집행일에 라이프치히의 모든 처녀들은 흰옷을 입고 모여들어, 길에 꽃을 뿌리면서 재단사를 단두대까지 배웅했다.

독일인은 명상으로 마음이 진정되기는커녕 오히려 흥분된다는 것이 다른 나라 사람들과 다른 점이다. 그리고 두 번째 다른 점은 그들이 확고한 성격을 갖기를 몹시 바란다는 것이다.

내가 괴팅겐, 드레스덴, 쾨니히스베르크 등지에서 만난 독일 청년들은 소위 철학적인 사상 체계로 교육을 받은 사람들이었다. 이 철학 체계는 서투르게 쓴, 의미를 확실히 알 수 없는 시에

불과했지만, 도덕적 견지로 본다면 최고로 신성한 숭고함이 있는 것이다.

그들은 이탈리아인처럼 중세 시대로부터 공화주의, 불신, 결투 따위를 계승하지 않고, 열정과 성실을 계승한 것으로 보인다. 그렇기 때문에 그들은 10년마다 다른 모든 위인을 기억에서 사라지게 할 만한 새로운 위인을 탄생시키는 것이다. 예를 들면 칸트, 셸링, 피히테 등이 그들이다.

루터는 강력하게 도의심에 호소했다. 그리고 독일인은 자기 양심에 따르려고 30년 동안 싸웠다. 그 신앙이 설사 어리석은 것이라 해도 존경해야 할 아름다운 이야기이다. 예술가에게조차 존경해야 할 이야기라고 말하고 싶다.

'살인하지 말라'는 신의 계율과 조국을 위해 행한 암살 사이에서 갈등하고 고민하는 잔트를 보라. 독일을 여행해 본 사람이라면, 이 국민들에게 열렬하고 과격하기보다는 온화하고 다정한 성품이 있다는 것을 깨닫게 될 것이다.

# 미국인의 연애
## 이성적이지만 무미건조한

　자유로운 정부란 국민에게 조금도 해를 끼치지 않고 안전과 평화를 주는 정부이다. 그러나 이것만으로는 인간은 행복할 수 없다. 인간은 스스로 행복을 만들지 않으면 안 되는 것이다. 단지 안전과 평화가 지켜지고 있기 때문에 행복하다고 생각하는 것은 지극히 수준이 낮은 정신 상태라고 말할 수 있다.

　유럽에서는 이것을 혼동하고 있다. 우리는 해를 끼치는 정부를 늘 겪어 왔기 때문에, 그것에서 해방되는 것이 최상의 행복인 것처럼 느끼는 것이다. 마치 고통에 시달리고 있는 병자와 같은 셈이다.

　미국의 예는 바로 그 반대를 보여 주고 있다. 미국에서는 정부가 임무를 잘 수행하며, 아무에게도 해를 가하지 않는다.

　그러나 마치 운명이 우리의 모든 철학을 뒤집어 부정하거나, 몇 세기에 걸친 유럽의 불행한 상태 때문에 우리가 진실을 경험할 수 없게 된 것처럼, 우리 유럽인의 눈에는 정부 때문에 고통을 겪지 않는 미국인에게 뭔가 결여되어 있는 듯 보인다.

　그들에게서는 감수성의 원천이 말라 버린 것 같은 인상을 받는다. 그들은 옳고 이성적이다. 그러나 조금도 행복해 보이지는 않는다.

성서, 즉 정신이 이상한 작자들이 시와 노래를 모아 만든 이 책에서 끌어낸 고상한 결론과 행동의 규범만이 이러한 모든 불행을 자아내는 충분한 원인이 될 수 있을까? 원인에 비하면 결과가 너무 크다는 느낌이 든다.

드 볼네 씨는 어느 날 시골에서 유복한 미국인에게 식사 초대를 받았다. 그 미국인에게는 장성한 아들이 몇 있었는데, 마침 아들 하나가 식당에 들어왔다.

"윌리엄, 앉아라. 얼굴 좋아 보인다." 하고 그 미국인이 말했다. 드 볼네 씨가 누구냐고 묻자, 그 미국인은 "둘째 놈입니다." 라고 말했다. 이번에는 아들에게 어디서 오는 길이냐고 묻자 "중국 광둥에서 지금 돌아온 겁니다."라고 말했다. 지구의 끝에서 아들이 돌아왔는데도 겨우 이 정도의 이야기뿐인 것이었다.

미국인의 주의력은 모든 생활을 합리화해서 위험을 예방하는 데만 쏟고 있는 것 같다. 그리고 마침내 다년간 바쳐 온 노력과 주의력의 열매를 딸 때가 되면, 그것을 즐기기에는 생명이 얼마 남지 않았다는 것을 알게 된다.

윌리엄 펜(퀘이커교도, 펜실바니아의 정치가)의 자손들은 마치 그들의 생활을 묘사한 듯한 다음과 같은 시를 읽은 적이 없을 것이다.

"살기 위해 사는 보람을 잃어버린다."

러시아와 마찬가지로 이곳의 활기찬 계절인 겨울이 오면 젊은 남녀는 썰매를 타고 낮이나 밤이나 눈 위를 달린다. 그들은 매우 멀리까지 썰매를 타고 가기도 하는데, 아무도 간섭하는 사람이 없다. 그런데도 불미스러운 일은 절대로 일어나지 않는다.

미국 젊은이들도 몸의 기운은 왕성하나, 그것도 곧 혈기와 함께 쇠퇴하여 25세만 되면 사라진다. 생을 즐기게 하는 원동력인 정열이 없어지는 것이다. 미국에서는 이성적인 행동 양식이 지배적이라 사랑의 결정작용이 불가능할 수밖에 없다.

나는 그들의 그러한 삶에 감탄은 하지만, 결코 부럽게 생각하지는 않는다. 그들이 나름대로 느끼는 행복은 열등한 인간이나 느낄 수 있는 행복인 것 같다. 플로리다나 중남미 쪽이 훨씬 좋이 않을까 하고 생각해 본다.

북아메리카에 대한 나의 이런 생각을 입증하는 것은 예술가나 작가가 이곳에 전혀 없다는 것이다. 미국은 아직 우리에게 1막짜리 비극도, 한 장의 그림도, 한 권의 워싱턴 전기도 보내오지 않는다.

# 아라비아인의 연애
## 관대하게 여자를 배려하는

진정한 사랑의 전형이자 고향을 찾는다면 아라비아 베드윈족의 검은 천막 안으로 가야 한다. 이곳에서도 다른 곳과 마찬가지로 고독과 아름다운 기후가 인간 마음의 가장 고귀한 정열을 태어나게 했다. 자기가 느끼는 만큼 상대도 느끼게 하지 않으면 행복해질 수 없는 정열을 말이다.

사랑이 인간의 마음속에 있는 모든 것을 표현하게 하려면 연인끼리 평등해야만 한다. 그러나 우리의 슬픈 서구에는 이 평등이 존재하지 않는다. 버림을 받은 여자는 불행하게 되든가, 명예를 잃는다. 아라비아의 천막 안에서는 한번 한 맹세는 깨뜨릴 수가 없다. 경멸과 죽음이 뒤따르기 때문이다.

이 민족은 관대함을 숭상하기 때문에 누군가에게 주기 위해서라면 훔쳐도 상관없을 정도이다. 더구나 매일이 위험의 연속이므로 정열적인 고독이라고 부를 만한 삶을 살아간다. 아라비아 사람은 여럿이 모여 있어도 거의 떠드는 일이 없다.

이 사막의 주민들에게는 변화란 것이 없다. 모든 것이 영원히 움직이지 않고 지속된다. 그들의 독특한 풍습은, 유감이지만 그다지 잘 알지 못하기 때문에 빈약한 스케치밖에는 할 수가 없는 데, 아마도 호메로스 시대부터 존재해 온 것 같다. 그것이 처음으로 문자로 씌어진 것은 서기 600년경, 샤를마뉴보다 2세기 전이다.

우리 서구인이 십자군을 동원해 그들을 괴롭히던 무렵, 그들의 눈에는 우리가 야만인이었다. 그러므로 우리 풍습 가운데 고상한 면은 모두 십자군과 스페인의 무어인 덕분이다.

아라비아인과 우리를 비교하는 것을 보고 비웃는 인간도 있을 것이다. 물론 우리의 예술은 그들보다 뛰어났다. 법률 또한 그들보다 훌륭하다. 그러나 가정의 행복을 얻는 기술 면에서도 우리가 그들보다 뛰어났는지는 의심스럽다.

우리는 항상 가정에 충실하지 못하고 진실하지도 못하다. 가족간에 속이는 사람은 가장 불행한 사람이다. 그런 사람에게는 안심이란 없다. 언제나 거짓말을 하기 때문이다.

가장 오래된 역사 유물로 기원을 더듬어 보면, 아라비아인은 태고부터 다수의 독립된 부족으로 나뉘어 사막을 떠돌았던 것 같다. 이 부족들은 생활 정도에 따라 저마다의 우아한 풍습을 가지고 있었다. 기본적으로 관대한 민족이었기 때문에, 살아가는 데 꼭 필요한 산양 새끼를 4분의 1이나 선물로 주기도 하고, 낙타 1백여 마리를 환영이나 가족의 표시로 주는 일도 있었다.

아라비아의 영웅 시대는, 이 관대한 영혼이 지식이나 세련된 감정에 더렵혀지지 않고 빛났던 시대로, 마호메트 바로 전 시대였다. 우리의 기원으로 말하자면 5세기경 베네치아가 탄생하고 클로비스가 다스리던 때에 해당한다.

나는 우리 나라의 자존심에 간청한다. 아라비아인이 남긴 사랑의 노래와 『천일야화』에 묘사된 고상한 풍습을, 클로비스 시대의 역사가인 그레고아르 드 투르, 그리고 샤를마뉴 시대의 역사가인 에지나르가 각 페이지를 피로 물들이고 있는 혐오스러운 참상과 비교해 주기를 간절히 바란다.

마호메트는 도덕적으로 지나치게 엄격한 사람이었다. 그는 누구에게도 해가 되지 않는 쾌락마저도 금하려고 했다. 그리고 이슬람교를 받아들인 모든 나라에서 연애를 말살해 버렸다. 그의 교의가 이슬람교의 요람인 아라비아에서 다른 이슬람 국가들만큼 퍼지지 않았던 것도 이 때문이다.

아라비아인은 어느 시대에나, 특히 마호메트 이전에는 카바(이슬람교 신전)를 순례하기 위해 메카로 갔다. 나는 런던에서 이 성지의 매우 세밀한 모형을 본 적이 있다. 700~800채의 집이 모여 있는 마을이 햇볕에 타는 듯한 사막 한가운데에 우뚝 서 있었다.

마을 한 모퉁이에 거의 정방형의 거대한 건물이 있는데, 이 건물이 카바를 둘러싸고 있었다. 건물은 긴 아케이드로 되어 있어서 아라비아의 태양 아래서 순례하기에 알맞다.

또한 이 건물은 아라비아의 풍속에 매우 중요한 역할을 했다. 수세기에 걸쳐 남녀가 만날 수 있는 유일한 장소였기 때문이다. 이곳 사람들은 여러 사람들 사이에 끼어 천천히 걸으며 성가의

합창에 맞추어 카바를 순례했다. 한 바퀴 도는 데 45분 정도 걸렸다. 그리고 이것이 하루에도 몇 번씩 되풀이되었다.

이것이야말로 사막의 사방에서 남녀를 불러 모으는 제전이었다. 그리고 이곳에서 아라비아의 풍습이 세련되게 발전했던 것이다. 그러다가 연애를 하게 된 남자와 여자의 부모 사이에 싸움이 일어나기도 했다.

아라비아 청년은 아버지나 형제의 엄격한 감시를 받고 있는 젊은 아가씨와 나란히 성스러운 순례를 하면서 갖가지 연가를 지어 자신의 정열을 전했다.

이 민족의 관대하고 감상적인 풍습은 이미 그들의 생활 안에

존재하고 있었다. 그러나 아라비아식의 취미적 연애는 카바 주위에서 처음 생겨난 것이라고 생각한다. 카바는 또한 그들의 문학 발생지이기도 했다. 처음에 그들의 문학은 시인이 느낀 대로의 정열을 단순하고도 강하게 표현한 것이었다.

그러나 점차 시인은 연인의 마음을 움직이는 것보다는 아름다운 말을 늘어놓는 데 정신이 팔렸다. 이렇게 해서 가식이 생긴 것이다. 그리고 이것을 무어인이 스페인에 가져간 것인데, 이 가식이 오늘날에는 여전히 이 민족의 문학에 오점을 남기고 있다.

나는 그들이 어떻게 이혼하는지 보고 나서, 아라비아인이 약한 여자를 얼마나 배려해 주는지를 알고 감동하였다. 남편과 헤어지고 싶은 아내는, 남편이 없는 틈을 타 천막을 걷고 그때까지와는 입구가 반대쪽이 되도록 다시 고쳐서 친다. 이 간단한 의식이 두 사람을 영원히 헤어지게 하는 것이다.

제4부

# 12세기의 사랑의 법전

# 사랑의 법전

1150년부터 1200년까지 프랑스에는 '사랑의 법정'이 있었다. 사랑의 법정에 모인 귀부인들은 '결혼한 사람도 연애를 할 수 있는가'와 같은 문제에 대해 판결을 내렸으며, 모든 연인이 제소하는 개인적인 사건을 심의했다.

내 생각으로는, 이 판결의 도덕적 권위는 루이 14세가 명예 문제를 위해 설치한 프랑스 육군 최고재판소의 권위와 비슷한 것이었을 것이다. 단, 이 제도가 여론의 지지를 얻고 있었다는 가정하에 말이다.

사랑의 법정에서 내린 판결에는 대부분 사랑의 법조문에 입각한 전문이 첨가되어 있었다. 판결문의 형식은 당시의 사법재판소의 예를 따랐다. 이 사랑의 법전 전문은 왕궁 소속 사제 앙드레의 저서에 나와 있으며, 다음과 같은 31조로 되어 있다.


제 1조 기혼자라는 사실은 연애를 거절하는 정당한 구실이
　　　　될 수 없다.
제 2조 비밀을 지킬 줄 모르는 사람은 연애도 할 줄 모른다.
제 3조 동시에 두 사람을 사랑할 수는 없다.

제 4조  사랑의 감정이란 한결같지 않고, 커지거나 작아질
　　　　수 있다.

제 5조  폭력으로 연적에게서 연인을 빼앗아 지속하는
　　　　연애에는 묘미가 없다.

제 6조  남자는 완전히 성숙해야만 진정한 연애를 할 수 있다.

제 7조  연인 중 한쪽이 죽었을 때는 2년간 독신으로 지내는
　　　　것을 원칙으로 한다.

제 8조  충분한 이유가 없다면 그 누구도 연애할 권리를
　　　　빼앗겨서는 안 된다.

제 9조  사랑에 대한 확신(사랑을 받을 수 있다는 희망) 없이는
　　　　연애를 할 수 없다.

제10조  탐욕은 흔히 집에서 연애를 추방한다.

제11조  결혼 상대로 부끄러운 여자와 연애하는 것은
　　　　바람직하지 못하다.

제12조  진정한 사랑을 하고 있는 사람은 애인 이외의 다른
　　　　사람의 애부를 원하지 않는다.

제13조  사람들이 다 아는 연애는 영원히 지속되는 경우가
　　　　드물다.

제14조  너무 쉽게 성공한 연애는 쉽게 매력을 잃는다.
　　　　장애물이 연애를 더욱 가치 있게 한다.

제15조  사랑에 빠져 있는 사람이라면 누구나 사랑하는 연인을
　　　　보면 얼굴이 창백해진다.

제16조 남몰래 사랑하고 있는 사람을 우연히 만나면 온몸이
　　　전율한다.
제17조 새로운 연애는 오래된 연애를 밀어낸다.
제18조 사랑할 가치가 있는 사람만을 사랑해야 한다.
제19조 식어 가는 사랑은 순식간에 사라지고, 되살아나는
　　　일은 드물다.
제20조 연애를 하는 사람은 항상 불안하다.
제21조 사랑은 항상 질투로 성장한다.
제22조 의혹과 거기서 생기는 질투 때문에 사랑은 더욱
　　　커진다.
제23조 연애 감정에 깊이 빠질수록 점점 더 먹지도 자지도
　　　못한다.
제24조 연애하는 사람의 모든 행동은 사랑하는 사람을
　　　생각하는 일로 귀결된다.
제25조 진정한 사랑을 하는 사람에게는 연인을 기쁘게 하는
　　　일보다 더 좋은 일은 없다.
제26조 사랑을 위해서는 못 할 일이 없다
제27조 진정한 사랑이라면 상대방에게 싫증을 낼 수 없다.
제28조 약간의 억측은 최악의 경우마저 의심하게 만든다.
제29조 쾌락을 즐기는 습성이 지나친 사람은 연애를
　　　할 수 없다.
제30조 사랑에 빠진 사람은 잠시도 쉬지 않고 연인의 모습을

생각한다.

제31조 한 여자가 두 남자에게, 한 남자가 두 여자에게
　　　 사랑받는 것을 막을 수 있는 건 아무것도 없다.

마지막으로 '사랑의 법정'이 내린 판결문을 인용한다.

질의: 부부 사이에도 진정한 연애가 존재할 수 있는가?

샹파뉴 백작부인의 판결:

결혼한 부부에게는 연애의 효력이 미칠 수 없음을 선고한다. 사랑이란 어떤 필요에 의해 강요되는 일 없이, 모든 것을 조건 없이 서로 주고받는 것이다. 그러나 부부는 서로 상대의 의사를 따라야만 하고 서로 무슨 일이든 거부할 수 없는 의무로 결합되어 있기 때문에 순수한 연애는 불가능하다. 판결은 다수의 귀부인의 의견에 입각해서 지극히 신중하게 내려진 결정이므로, 불변하고 거부할 수 없는 진리로서 준수해야 한다.

1174년 5월 3일

제5부

# 연애에 대한 100가지 단상

1. 사람은 성격만 빼고는, 고독 속에서 모든 것을 얻을 수 있다.

2. 일상에서 느끼던 기쁨과 고통이 어느 날 갑자기 느껴지지 않는다면, 당신은 사랑에 빠진 것이다.

3. 정숙한 척하는 것도 탐욕의 일종이다. 그것도 가장 최악의 탐욕이다.

4. 인생에 대한 실망과 불행을 오랜 동안 처절하게 겪고 나면 강인한 성격을 갖게 된다. 그렇게 되면 사람은 끝없는 욕망을 갖거나, 아니면 아무것도 바라지 않게 된다.

5. 상류사회에서 볼 수 있는 연애는 결투를 위한 것 아니면 도박을 위한 것뿐이다.

6. 취미적인 연애를 하는 사람에게는 상대의 정열적인 사랑의 숨결만큼 혐오스러운 것이 없다.

7. 여자들의 가장 큰 결점, 남자라면 누구나 불쾌해할 결점은, 남의 말에 너무 신경 쓴다는 것이다. 대중이라는 것은 원래 남의 이야기에 대해서는 저속한 생각밖에는 하지 않는 것인데, 여자

들은 이런 대중의 평판을 최고의 판단 기준으로 삼고 있다. 지적이고 현명한 여자조차도 자신이 그렇다는 것을 깨닫지 못하고 있고, 심지어는 그 반대라고 큰소리친다.

8. 남편으로는 무미건조한 사람을, 애인으로는 낭만적인 사람을 택하라.

소설 『돈키호테』의 주인공 '돈 키호테'와 그를 따르던 농부 '산초 판자'를 비교해 보라. 돈 키호테는 키가 크고 얼굴이 창백하며, 산초 판자는 뚱뚱하고 혈색이 좋다. 돈 키호테는 영웅주의와 기사도로, 산초 판자는 이기주의와 노예근성으로 똘똘 뭉쳤다. 돈 키호테가 언제나 낭만적이고 감상적인 공상에 빠져 있는 동안, 산초 판자는 신중하고 치밀한 계획을 세운다. 돈 키호테가 어제의 공상에서 깨어나려고 할 때, 산초 판자는 이미 오늘의 성곽을 쌓을 일로 마음이 분주하다.

9. 정열만큼 흥미로운 것은 없다. 계속해서 예상 밖의 일이 일어나며, 자신조차도 잃어버린다. 취미적 연애에는 이런 것이 없으니 얼마나 따분한가. 무미건조한 일상생활과 다를 바 없이 모든 것이 타산적이다.

10. 여자는 항상 헤어질 무렵에는 애인에게 필요 이상으로 애교를 부린다.

11. 이탈리아의 항구 도시 라벤나에 사는 여자들은 연애에 대해 매우 구체적인 교육을 받는다. 어머니가 열두서너 살 밖에 안 된 딸 앞에서 거리낌없이 연인 때문에 절망하거나 황홀해하는 모습을 보인다. 천혜의 기후 덕분에 여자들은 45세에도 여전히 매력적이며, 18세가 되면 대부분 결혼한다.

어머니는 친구와 함께, 열네댓 살 된 딸 앞에서 남편 아닌 다른 남자를 가리키며 "그 사람, 맘에 들어. 여자를 어떻게 사랑해야 하는지 알거든." 같은 이야기를 마음껏 나눈다. 그리고 애인과의 낭만적인 산책에도 딸을 데리고 간다.

이렇게 어머니와 동행하는 딸들은 때때로 나중에 도움이 될 만한 이야기를 듣기도 한다. 딸 앞에서 30분에 걸쳐 실례를 들어가며 바람피운 연인을 맞바람으로 혼내 주려면 어느 때가 좋은지에 대해 토론하기도 하니 말이다.

12. 자신 만만한 남자는 다음날 밤에 연인과 밀회가 약속되어 있더라도, 흥분하여 아무 일도 못 하는 남자와는 달리, 그 시간이 될 때까지 기분 좋게 보낼 것이다.

이러한 남자는 정열적 연애 같은 건 하지 않는다. 정열적 연애는 그런 남자들의 평온을 깨뜨리기 때문이다. 그들은 그러한 격정을 불행이라고 생각할 것이고, 연인 때문에 안절부절못하는 소심한 마음을 수치로 생각할 것이다.

13. 상류사회의 남자들은 대부분 허영심과 불신 때문에 여자와 육체관계를 맺기 전에는 사랑에 빠지지 않는다.

14. 너무 여린 남자에게는 여자가 너무 튕기면 결정작용이 일어나지 않는다.

15. 여자들은 "남들이 말하는 대로 전할 뿐이야."라고 말하는 어리석은 남자의 말이나 심술궂은 여자 친구의 말을 곧이듣는다.

16. 당신을 몹시 괴롭게 했던 여자, 오랫동안 당신을 잔인하게 짓밟았던 여자, 그리고 앞으로도 그렇게 당신을 힘들게 할 여자를 품에 안게 된다면 한없이 달콤한 행복감을 느낄 것이다.

17. 상대의 마음을 이해하고 사랑하기 위해서는 고독이 필요하다. 그러나 사랑에 성공하기 위해서는 나가서 사람을 만나야 한다.

18. 거만하고 화를 잘 내는 남자는 지독히 못생기지 않은 한, 남자에 대한 여자의 환상을 자극하고 강화하는 데 가장 적격인 것 같다. 물론 이런 성격에 익숙해지기란 힘들다. 그러나 여자가 일단 이 성격을 받아들이고 이해하고 나면, 그때는 다시는 헤어

질 수 없게 된다. 여자들은 무미건조하고 지루한 남자의 정반대가 이런 남자라고 생각하나 보다.

19. 정열적 사랑에 빠지면 가장 굳게 믿고 있는 일조차 의심하게 된다. 그러나 사랑이 아닌 다른 일에 정열을 쏟고 있다면 스스로 한 번 확인한 것은 절대 두 번 다시 의심하지 않는다.

20. 질투로 어쩔 줄 모르는 사나이가 그녀 곁에서 권태와 탐욕과 증오, 그리고 무정하고 독기 어린 정욕을 불태우고 있을 때, 나는 그녀를 꿈꾸며 행복한 하룻밤을 보낸다. 나를 믿지 못해 냉대하는 그녀를.

21. 명예와 정의를 지켜야 한다는 결심이 잠결에 보이는 희미한 환영처럼 사라져 가는 것을 그대로 내버려둔다면, 그것이야말로 스스로를 망치는 지름길이다.

22. 어느 정숙한 부인이 별장에서 묵게 되었다. 그런데 정원사와 한 시간 동안 온실 안에 들어가 있었다. 그러자 전부터 그녀를 적대시했던 사람들은 그녀가 정원사를 애인으로 삼았다고 비난했다.

그 부인은 여기에 뭐라고 대답해야 좋을까. 물론 사람들의 생각이 맞을 수도 있다. 그 부인은 "평소의 제 인격과 행동을 보시면 아실 거예요." 하고 말할 수 있으리라. 그러나 그러한 행동을 일부러 보지 않으려는 심술궂은 사람들이나, 볼 능력이 없는 바보들에게는 그런 것이 보이지 않는다.

23. 한 남자가 자신의 애인이 연적을 사랑하고 있다는 걸 알아차렸다. 그러나 그 연적은 자신의 정열에 눈이 어두워, 사랑받고 있다는 사실을 깨닫지 못했다.

24. 열렬히 사랑하고 있으면 있을수록, 사랑하는 여자의 손을 잡기 위해 그녀를 화나게 할지도 모르는 위험을 무릅쓰게 된다.

25. 멜라니라는 아가씨는 한 남자를 열렬히 사랑하고 있었다. 그리고 그 남자도 분명 그녀를 사랑하고 있었다. 그러나 그녀의 태도가 너무 예의 발랐기 때문에 그는 그녀가 자신을 사랑하지 않는다고 생각했다. 그리고는 자신에게 호의를 보이며 살갑게 굴었던, 그녀의 친구에게 끌렸다. 멜라니는 그것을 보고 괴로워했다. 약간만 태도를 바꾸면 좋으련만, 멜라니는 잠시라도 자신의 품위에서 벗어난 행동을 하는 것은 저속한 일이고, 평생 후회하게 될 것이라고 생각했다.

26. 사포(Sappho: 기원전 612년경의 그리스 시인)는 연애에서 관능과 육체적 쾌락만을 찾았지만, 아나크레온(Anakreon:

기원전 570년경의 시인)은 연애에서 정신적인 기쁨을 찾았다. 고대에는 안전에 위협이 많았기 때문에 정열적 연애를 즐길 여유가 없었던 것이다.

27. 감성이 풍부한 여인들이여, 그대가 사랑하는 남자가 당신을 진정 정열적으로 사랑할 만한 인물인지 알고 싶다면, 그의 젊은 시절이 어떠했는지 알아 보라. 훌륭한 남자라면 인생의 초기에는 남들이 이해하지 못하는 것에 격정적으로 사로잡히기도 하고, 불행을 겪기도 한다.

밝고 온순한 남자, 안이한 행복에 만족하는 남자는 그대의 마음을 꽉 채워 줄 정열적인 사랑을 줄 줄 모른다. 나는 소설이 묘사하기를 꺼리는, 또한 묘사할 수도 없는 불행의 시련을 견뎌낸 정열만을 참된 정열이라고 부르고 싶다.

28. 정열적 연애에 빠지는 것은 확실히 미친 짓이다. 그러나 경계가 너무 지나쳐도 병이다. 내가 아는 미국 여자들은 너무나도 합리적인 사고방식으로 무장하였기에, 사랑이라는 인생의 꽃이 사라져 버리고 말았다. 외국에서 여행 온 젊고 잘생긴 남자와 단둘이 있어도 그녀들에게는 아무 일도 일어나지 않는다. 이런 여자들은 장래 남편의 재산밖에는 관심이 없는 것임에 틀림없다.

29. 프랑스에서는 아내를 잃은 남자는 우울해 보이지만, 반대

로 남편을 잃은 아내는 즐겁고 행복해 보인다. 그러므로 결혼의 계약은 평등한 것이 아니다.

30. 사랑에 빠진 남자는 오직 자신의 연인에게만 집중하는 모습을 보인다. 그런데 이런 모습이 프랑스 남자들에게는 슬픔을 의미한다.

31. 모든 사람에게서 사랑을 받는 사람일수록, 오직 한 사람에게서 깊은 사랑을 받기는 힘들다.

32. 어렸을 때는 부모의 삶의 방식을 흉내 내게 마련이다. 그 삶의 방식이 자신의 삶을 해치는 경우라도.

33. 여자의 자존심을 가장 지켜 주어야 할 때가 있다. 바로 경솔한 행동을 하거나 여자답지 못한 행동을 해서 연인이 멸시하지나 않을까 하는 두려움으로 자존심을 세우는 경우이다.

34. 진정한 사랑을 하는 사람은 죽음을 두렵지 않은 것으로 여긴다. 죽음 역시 사랑과 바꾸어도 아깝지 않은 여러 가지 것 중 하나로만 생각하는 것이다.

35. 사랑이 조금이라도 식기 전에는, 사랑하는 여자에 대해 감

히 용기조차 낼 수 없다.


36. "이제는 사랑을 할 수 없을 것 같아요." 하고 어느 젊은 여자가 내게 말했다. "미라보가 소피에게 보낸 편지를 보니 위대한 영혼 같은 건 없더군요. 비속한 사적 내용들이 너무 충격이었어요."

실제 연애는 소설 속 연애와 똑같지 않은 법이다. 그가 머릿속에서 어떤 상상을 하든, 당신이 2년 동안이나 몸을 허락하지 않았는데도 그의 마음이 변하지 않았다면, 그를 믿어도 좋다.


37. 사람들이 비웃거나 비난하면 연애가 힘들어진다. 그러나 베니스에서는 고상한 일도, 나폴리에서는 유치한 일이 될 수 있다. 따라서 비웃을 만큼 이상한 일이라는 건 없는 것이다. 사람에게 즐거움과 행복을 주는 준다면 그 어떤 것도 절대 비난할 수 없다. 이런 이유로 수많은 코미디와 하찮은 명예심이 생겨나는 것이다.


38. 어린애는 눈물로써 원하는 것을 얻는다. 자기 말을 들어주지 않으면 일부러 스스로에게 상처를 내기도 한다. 젊은 여자들은 자존심으로써 스스로를 괴롭히고 있다.


39. 모두들 느끼고 있는 것이기에, 그만큼 잊기도 쉬운 사실이

있다. 감성적인 마음은 나날이 줄어들고, 세련된 사고방식만 늘어간다는 것이다.

40. 한 청년을 거만한 남자로 만들어 놓고서야 비로소 상대하는 여자가 있다. 그래야만 여자의 허영심이 만족되나 보다.

41. 어느 젊은 부인을 사랑하는 남자가 있었다. 그 부인은 이 남자에게 차갑게 대하며 예의상 손에 키스하는 것만을 허용했다. 이 정도 호의에도 이 남자는 세상에서 가장 큰 행복과 넘치는 기쁨을 느꼈다. 그러나 그녀의 남편은 겨우 천한 육체적 쾌락밖에는 느끼지 못했다.

42. 연인에게 품게 되는 환상은 다음 두 가지로 나눌 수 있으리라.

1) 열렬하고 성급하고 충동적이며, 곧 행동을 하게 만드는 환상. 겨우 24시간 기다린 것만으로도 초조해져서 괴로워하는 경우로, 참을성이 없는 것이 특징이다. 자신이 품은 환상을 실제로 얻지 못하면 화를 낸다. 객관적인 상황을 파악할 수 있으면서도, 오히려 그 상황을 통해 더욱 불타오를 뿐이다. 환상이 그러한 상황을 즉각 자신의 현실에 동화시켜 유리하게 해석하기 때문이다.

2) 조금씩 서서히 불타오르지만, 시간이 흐를수록 객관적인 상황이 보이지 않게 되어 자신의 정열을 쏟아 붓는 것 외에는 관심이 없는 환상. 생각과 지식이 부족한 사람이 빠지게 될 위험이 크다. 이런 환상에 빠지면 상대에 대한 애정이 변할 줄을 모른다. 사랑의 병으로 죽어 가는 가련한 여자의 대부분이 이런 유형이다.

43. 있는 그대로의 모습을 보여 주지 못하고, 공연히 고상한 척하는 것이야말로 여자들의 가장 나쁜 태도이다.

44. 괴테와 같은 독일의 문인들은 모두 어느 정도까지는 돈을 존중하고 있다. 사람은 먹고살 만큼을 벌지 못하면 늘 돈에 대해서만 생각해야 하는 법이다. 그러나 반대로 그 이상 벌게 되면 절대 돈 생각은 하지 않아야 한다.

그런데 어리석은 사람들은 괴테와 같은 사고방식이 왜 필요한지를 이해하지 못한다. 일생 동안 오로지 돈만 생각하며 돈의 노예가 되어 살아가는 것이다. 돈에 대한 이런 원리를 이해하지 못하는 사람들 때문에 영혼이 숭고한 남자가 세상에서 환영받지 못하는 것이다.

45. 욕망은 속박하면 커지고, 풀어 주면 작아진다.

46. 공허한 토론에 정신이 팔려 연애할 시기를 놓치는 청년들이 있다. 과연 나폴레옹이 프랑스에 얼마나 공헌했는가를 토론하는 동안에 연애할 나이를 지나치고 마는 것이다.

청춘을 즐기려고 마음먹었던 사람들까지도 남자들끼리의 이야기와 자신에게만 정신이 팔려 있어서, 일주일에 한 번밖에 외출하지 못하는 아가씨가 지나가는 것을 못 보는 것이다.

47. '정숙한 척하는 여자'에 대해 내가 하고 싶던 말을 호레이스 월폴의 글에서 발견했다.

"두 사람의 엘리자베스가 있었다. 한 사람은 러시아 전제 군주의 딸인 엘리자베스로, 여왕으로서 절대 권력을 갖고 있었지만 왕위 경쟁자나 적을 용서하는 도량이 있었다. 또한 그녀는 여왕이라면 자신이 친히 대하고 있는 신하에 대해서도 항상 매력을 잃지 않아야 한다고 생각했다.

또 한 사람은 영국의 엘리자베스 여왕으로, 메리 스튜어트의 도전도 그녀의 매력도 용서할 수 없었다. 그래서 그녀가 도움을 청했을 때도 (조지 4세가 나폴레옹에게 그랬던 것처럼) 무자비하게 투옥했다. 뿐만 아니라 그녀의 크고 작은 질투심 때문에 법의 승인 없이 수많은 사람을 희생시켰다.

또한 이 엘리자베스는 정절을 자랑하고 있었다. 그러면서도 자기 나이는 생각지도 않고 남자들의 관심을 끌려고 갖은 교태를 다 부려 놓고, 막상 남자가 접근하면 가까이 오지 못하게 하여 자신의 욕망도, 상대의 욕망도 만족시키지 못했다."

48. 너무 가까워져도 결정작용이 깨져 버린다. 16세의 소녀가 매일 해질 무렵이면 지나가는 미소년을 창가에서 바라보았다. 그리고는 사랑에 빠져 버렸다.

어머니는 그 소년을 초대해 딸과 셋이서 일주일간 시골의 별장으로 여행을 갔다. 어머니는 무척 대담한 방법을 쓴 것이다. 소녀는 매우 로맨틱한 사람이었지만, 소년은 평범했다. 결국 사흘이 지나자 소녀는 소년을 경멸하게 되었다.

49. 사교계에 처음 나온 청년은 대개 자신의 야심을 채우기 위해 연애를 한다. 온순하고 귀엽고 순진한 처녀에게 사랑을 속삭이는 일은 드문 것이다. 이런 여자 때문에 가슴을 떨며 숭배할 일은 없기 때문이다. 이 무렵의 청년은 어디 가서도 자랑할 수 있는 여자를 사귀어서 자신의 자존심을 세울 수 있기를 바란다.

여자의 도도함에 자포자기하고 단순하고 순진한 여자에게 눈길을 돌리는 것은 나이가 들어서이다. 이 두 시기 사이에 오직 사랑밖에는 생각하지 않는 진정한 연애가 있다.

50. 위대한 영혼은 내면에 감추어져 있기 때문에 겉으로 드러나지 않는다. 드러난다 하더라도 독특하게 보일 것이다. 그러나 사람들이 생각하는 것보다 위대한 영혼은 많이 존재한다.

51. 사랑하는 여자의 손을 처음 잡아 보는 그 순간은 얼마나 황홀한가! 이것과 비교할 수 있는 유일한 행복은 장관이나 국왕이 경멸하는 척하고 있는 그 권력의 행복 정도일 것이다.

권력의 행복에도 결정작용이 있지만, 그것에는 훨씬 냉정하고 이성적인 상상이 필요하다. 15분 전에 나폴레옹에게서 장관에 임명된 남자를 상상해 보라.

52. 음을 하나하나 듣기 위해 청신경이 긴장과 이완을 반복하는 것, 이것이 육체가 음악을 어떻게 즐기고 있는지를 잘 보여 준다.

53. 여러 남자를 동시에 만나는 여자의 품격을 떨어뜨리는 것은 스스로가 자신이 큰 잘못을 저지르고 있다고 생각하는 것이다. 또한 남들도 그렇게 생각한다고 믿는 것이다.

54. 당신은 지금 어떤 여자에게 정열을 품고 있고, 당신의 상상력은 아직 고갈되지 않았다고 가정해 보자. 그런데 어느 날 밤 그 여자가 당신에게 수줍은 듯 떨리는 목소리로, "좋아요, 내일 정오쯤 오세요. 혼자 기다리고 있겠어요."라고 말한다면 당신은 그날 밤 잠을 이루지 못할 것이다. 그 여자와의 일 외에는 아무런 생각도 할 수 없는 것이다.

다음날 오전은 마치 고문을 당하는 것과도 같은 시간을 보낼 것이다. 그리고 마침내 그 시간이 온다. 시계 소리 하나 하나가 당신의 횡격막을 파고들며 울릴 것이다.

55. 연애를 하는 두 사람이 '돈을 나누어 가진다면' 사랑이 커지지만, '돈을 한쪽이 줘야 한다면' 사랑이 사라진다.
'돈을 나누어 가지면' 눈앞의 불행을 피할 수 있고 미래의 불안을 덜어 줄 수 있지만, '돈을 한쪽에서 줘야 한다면' 두 사람 사이에는 책략이 끼어들고, 서로가 따로따로라는 심정이 생겨 공감을 파괴해 버린다.

56. 장교들이 제복을 뽐내듯이, 가슴을 훤히 드러내고 있는 여자들이 모인 궁정의 의식. 그러나 이렇게 여성의 매력을 있는 대로 발산하여도 좀처럼 감동이 생기는 일이 없다. 이 모든 것이 한 사나이(나폴레옹)의 마음에 들려고 하는 짓이다. 모두들 도의심도 없고, 특히 아무런 정열도 없이 행동하고 있는 것이 느껴진다.
더구나 어깨를 훤히 드러낸 여자들이 심술궂은 표정으로, 물질로 보상되는 개인적 이해 외에는 냉소하는 모습을 보면 사창굴이 떠오른다. 이런 여자들은 영혼을 만족시키기 위한 행동 따위는 하지 않는다.
나는 이러한 상황 한복판에서 느껴지는 고독이 감수성이 풍부한 사람을 사랑으로 인도하는 것을 목격한다.

57. 부끄러워하거나, 그것을 극복하려는 데 정신이 쏠려 있으면 육체적 쾌락을 느낄 수가 없다. 육체의 쾌락을 즐기기 위해서는 거기에 집중해야 하며, 다른 생각이 끼어들면 안 된다.

58. 자신의 이익을 위해 남자를 만나는 것인지, 진정으로 사랑하는지 알 수 있는 방법이 있다. 그와의 화해가 정말 기쁜지, 아니면 다만 화해함으로써 얻어낼 이익을 생각하고 있는지 생각해보라.

59. 봉쇄 수도원에 모이는 가련한 사람들은 자살할 용기도 없었던 불행한 사람들이다. 그러나 우두머리가 되는 쾌락을 맛보고 있는 수도원장은 제외이다.

60. 이탈리아 미인을 알게 되는 것은 불행이다. 다른 나라의 미인에게는 무감각해지기 때문이다. 이탈리아 이외의 나라에서는 남자끼리 이야기하는 것이 더 재미있다.

61. 진정한 정열의 행복을 모르는 여자는 부부 생활이나 일상생활에 그다지 불평이 없다.

62. 카멘스키가 내게 말했다. "자네가 정치적 야심을 하찮게 생각하는 건 알고 있네만, 내가 매일 밤 공작부인을 만나기 위해

그 먼 길을 말을 몰았던 시절에 나는 한 전제군주와 가까운 사이였지. 나의 행복도 욕망의 만족도 모두 그녀의 손에 있었거든."

63. 당신이 열렬히 사랑하는 여자가 당신을 다정하게 바라보며 "나는 결코 당신을 사랑하지 않습니다."라고 말했는데도, 여전히 편지를 써서 사랑한다고 말하는 것은, 그녀의 감정을 무시하는 태도이다.

64. 강한 성격을 갖고 싶다면 타인이 자신에게 주는 영향을 경험해 보아야 한다. 그래서 타인이 필요한 것이다.

65. 나는 지금 파리 근교의 아름다운 저택에서, 매우 미남이며 지적인 데다 돈도 많은 20세가 채 안 된 청년을 만나고 오는 길이다. 그는 우연히 그 집에서 아름다운 18세의 아가씨와 단둘이서만 오랫동안 지내게 되었다고 한다. 이 아가씨 역시 재능이 풍부하고 지혜도 뛰어났으며, 역시 부잣집 딸이었다.

그래서 사람들은 모두 두 사람 사이에 열정이 싹틀 것이라고 생각했지만 그런 일은 전혀 일어나지 않았다. 두 미남 미녀는 자존심이 대단했기 때문에 자신이 얼마나 대단한 존재이며, 상대에게 얼마나 훌륭한 연인이 될 수 있는가만 생각했다.

66. 한 스페인 퇴직 장교의 부인은 나르본 최고의 미인으로 그

녀는 남편이 퇴직하자 남편과 더불어 세상을 등지고 조용히 살고 있었다.

그런데 얼마 전 그의 남편은 한 오만한 남자의 뺨을 때려야만 하는 일이 생겼다. 그리고 두 사람은 다음날 결투장에서 만나기로 했다. 그런데 그 장소에 그 부인이 나타났다. 그러나 그 오만한 남자는 "아니, 왜 부인에게 우리 일을 떠들어댔지? 부인이 우리의 결투를 막으러 왔지 않나!" 하고 화를 냈다. 그러자 부인은 "난 당신의 장례식에 참석하러 온 거예요." 하고 말했다.

아내에게 모든 것을 말할 수 있는 남자는 행복하다. 결투의 결과는 부인의 말대로 되었다.

67. 사람들이 교양 있는 작품을 보러 극장에 가는 이유는 순간 순간 생겼다가 사라지는 환상을 구하기 위해서가 아니다. 자신이 교양 있는 사람이라는 것을 다른 사람들에게(불행히도 옆자리에 아무도 없다면 적어도 자신에게) 과시하기 위해서다. 이것은 원래 나이 많은 사이비 학자들의 즐거움이었는데, 요즘에는 청년들이 그 즐거움에 빠져 있다.

68. 여자는 자기를 사랑해 주는 남자, 그리고 자기가 생명보다 사랑하고 있는 남자에게 당연히 속해야 한다.

69. 결정작용은 평범한 남자에게는 생기지 않는다. 가장 위험

한 경쟁 상대는 평범함과 가장 거리가 먼 남자이다.

70. 진보된 사회일수록 '정열적 연애' 가 미개인의 '육체적 연애만큼' 자연스럽다.

71. 감수성이 풍부한 사람이 아니라면 열렬히 사랑하는 여자를 손에 넣어도 행복하지 않을 것이다. 아니, 애초부터 손에 넣는 것 자체가 불가능하리라.

72. 성미가 까다로운 여자는 자기가 과연 행복의 길로 가는 기준을 따르고 있는가를 반성해 보아야 한다. 정숙한 척하는 여자는 용기가 부족한 것이며, 그런 행위 속에는 어느 정도 치사한 복수심이 섞여 있을지도 모른다.

73. 선의의 마음을 갖는 것만큼 행복한 것은 없다. 그리고 그 다음으로 행복한 것은 스스로 거리낄 것이 없는 젊고 아름다운 바람둥이 여자의 행복이다. 평판이 그다지 좋지 못했던 백작부인이 내게 말했다.

"그래서 어쩌라는 거죠? 나는 젊고 자유롭고 돈도 있어요. 게다가 그다지 밉상도 아니잖아요. 이곳의 모든 여자들이 저처럼 살았으면 좋겠는데요."

이 매력적인 여자는 유감스럽게도 내게 우정 이상의 것을 바라지 않았지만, 멜리 신부가 시칠리아 방언으로 쓴 우아한 시를 가르쳐 준 장본인이다.

74. 감옥에서 그나마 견디기 쉬운 시기가 있다면, 그것은 몇 년간의 감금 생활 끝에 출옥을 한두 달 앞두고 있을 때일 거라고, 보통 사람들은 생각한다.

그러나 결정작용의 경우에는 그렇지가 못하다. 마지막 달은 처음 3년보다 더 고통스럽다. 그리고 직접 감옥에서 목격한 사람에 따르면, 오랜 세월 감금되어 있던 죄수들이 오히려 석방을 불과 몇 달 앞두고 기다림에 지쳐 죽는 경우가 많다고 한다.

75. 진정한 정열 때문에 하나가 된 것이 아니라면 영원히 정당성을 주장할 수 있는 결합이란 없다.

76. 풍속이 자유로운 나라에서 여자가 행복해지려면 성격이 단순해야 한다. 독일과 이탈리아에서는 이것이 가능하지만, 프랑스에서는 절대 불가능하다.

77. 귀족 계급의 자존심에 대한 광적인 집착을, 그들은 수치심이라고 부른다. 그래서 현명한 사람들은 흔히 창녀에게로 도피한다. 즉, 너무나 확실한 죄로 수치심의 가식에서 해방된 여자에게로 말이다.

78. 연애가 너무 빨리 성공하면 오히려 사랑이 생기기 어려울 수도 있다. 그러나 섬세한 남자는 그 이후에라도 결정작용이 시작되기도 한다. 그런데 상대방 여자는 웃으면서 이렇게 말한다. "아뇨, 난 당신을 사랑하지 않아요."

79. 포를리가 내게 말했다.

"천박한 것은 내 상상력을 가로막기 때문에, 난 천박한 여자라면 질색이야. 오늘 밤 아름다운 K백작부인이 연인들이 보내 온 편지를 내게 보여 주었는데, 난 그것이 정말 천박하게 느껴지더군."

그의 상상력은 천박함 때문에 방해를 받은 것이 아니다. 다만 길을 잃었을 뿐이다. 사실은 질투 때문에 이런 평범한 여자에 대한 상상력을 멈춘 것이다.

80. 무언가를 해내려는 의지력은 곤란한 상황에 용감하게 부딪치는 정신을 말한다. 그렇게 어려운 상황에 부딪친다는 것은 운명을 시험하는 일이며, 도박을 거는 일이다. 이런 도박이 없으면 살아갈 수 없는 남자도 있다. 이런 남자들이 가정 생활을 참을 수 없게 되는 것도 그 때문이다.

81. 튈리에 장군은 살롱에서 가식적으로 잘난 체하는 여자를 만나면 왜 그런지 무뚝뚝해져서 입을 여는 것도 싫어진다고 말

했다. 그런 여자에게 열심히 자기 감정을 털어놓았다는 것을 나중에 생각하면 수치심을 느끼기 때문이라는 것이다. 그는 진심 어린 이야기가 아니라면 아무 소용없는 것이라고 생각했다.

그런데 그는 너무 고상해서 사람들이 흔히 대화할 때 쓰는 유행어도 전혀 모르고 있었다. 그래서 오히려 여자들이 보기에는 그가 이상하게 느껴졌던 것이다. 하늘은 그를 세련된 사람으로 만들지는 않았던 것이다.

82. 궁정에서는 비종교적인 것은 천한 것으로 여겨진다. 군주의 이익에 반한 것으로 생각되기 때문이다. 또한 무신앙은 젊은 아가씨에게 천한 것으로 생각된다. 남편을 찾는 데 방해가 되기 때문이다. 신이 이런 이유로 칭송받고 있다는 걸 알면 매우 즐거워하시리라.

83. 첫사랑에 대한 묘사를 읽으면 누구라도 비슷한 감동을 느낀다. 모든 계급, 모든 나라, 모든 성격을 막론하고 거의 똑같다. 따라서 첫사랑은 가장 정열적인 것이 아니다.

84. 사랑의 행복을 맛본 뒤에도 남자의 마음이 변하지 않을지를 판단할 근거는 하나밖에 없다. 여자가 몸을 허락하기 전에 가슴을 아프게 하는 의심이나 질투, 사람들의 비웃음이 있었는데도 불구하고 마음이 변하지 않았는가 하는 점이다.

85. 애인의 전사로 절망하여 그 뒤를 따르려는 여자가 있다면, 우선 그 결심이 타당한가를 검토해 보아야 한다. 그 대답이 부정적이라면 태곳적부터 인간이 가져 온 관습에 호소해서 자기 보존의 욕망을 자극해 주는 것이 좋다.

만일 그녀에게 적이 있다면, 그 적이 그녀를 투옥하라는 왕의 명령을 얻었다고 말해 준다. 이 위협이 죽고자 하는 그녀의 욕망을 증대시키지 않는다면, 그녀는 감옥에 가지 않으려고 몸을 숨기려고 할 것이다. 이쪽 저쪽 도망다니며 몇 주간 숨어 있게 내버려두었다가, 마침내 멀리 떨어진 마을에 숨어 살 수 있도록 주선해 준다. 그녀가 절망을 경험한 마을과는 되도록 풍경이 다른 마을이 좋을 것이다.

그러나 이처럼 불행하고, 이제는 우정에 보답할 수도 없는 이런 여자를 위해 도와줄 독지가가 과연 있을까?

86. 음악사전이란 것은 아직 만들어지지 않았다. 아니, 손도 대지 않고 있다. '화가 난다' 또는 '당신을 사랑합니다' 라고 하는 뜻의 악구(樂句)나 그러한 느낌이 나는 악구를 만들어 내는 것은 우연에 맡기고 있다. 작곡가가 그런 악구를 표현하려면 마음속에 느끼고 있는 정열이나 기억의 소리를 적을 수밖에 없다. 청춘의 불꽃을 느끼지도 못하고 공부에만 시간을 보내는 사람들은 예술가가 될 수 없다. 이처럼 분명한 사실은 없다.

87. 나는 인간의 마음이 느끼지 않는 것보다 느끼는 것을 좋아하는 모든 지각을 쾌락이라고 부른다. 지금 느끼고 있는 것을 맛보기보다는 차라리 잠을 자고 싶다면, 그것은 분명히 고통이다. 따라서 사랑의 욕망은 고통이 아니다.

육체적 쾌락은 시간이 지나면 사라지고 고통은 커진다. 그러나 정신적 쾌락은 정열에 따라 시간이 흐를수록 커지거나 작아진다. 6개월간 천문학을 연구하면 천문학이 점점 더 좋아지고, 1년간 구두쇠 노릇을 하면 점점 더 돈이 좋아지는 것과 같다.

특별한 고통이나 기쁨이 없었던 남자가 쾌락을 느낀 경우와, 심한 고통 속에 있었던 남자가 고통에서 해방된 경우를 생각해 보자. 그때 두 사람이 느끼는 쾌락은 똑같을까? 나는 아니라고 생각한다. 고통이 정지함으로써 생겨나는 것이 쾌락일 리는 없다.

행복이란 것은 정의할 필요가 없다. 누구나 알고 있는 일이다. 열두 살에 처음으로 사냥에 성공했던 일, 열일곱에 무사히 경험한 첫 전투 등. 그러나 고통의 정지에 불과한 쾌락은 급속히 사라져 버린다. 그리고 수년이 지나면 그때 생각이 나도 별로 즐겁지가 않다.

가난하게 살아오던 남자가 갑자기 복권에 당첨되었다. 그런데 이 남자는 가난할 때 그토록 간절히 바라던 것들을 더 이상 원하지 않게 된다. 복권이 당첨되어 맛보는 쾌락은 앞으로 맛보게 될 모든 새로운 쾌락을 미리 상상하는 데 있다.

그러나 특이한 예외도 있다. 즉, 복권에 당첨된 이 남자가 재산이 많아지는 것을 얼마나 바라고 있었는가 관건이 된다.

부자가 되는 것 따위에는 관심이 없었던 사람이라면 오히려 당황스러운 감정이 며칠간 지속될 것이다. 반대로 부자가 되고픈 열망이 너무 컸던 사람이라면, 평소의 공상이 너무 지나쳐 복권에 당첨된 기쁨은 이미 소멸되어 버렸을 것이다.

이러한 불행은 정열적인 사랑에는 절대 일어나지 않는다. 불타는 마음은 사랑으로 마지막에 성취할 것이 무엇인가를 미리 예상하지 않고, 가장 가깝게 다가올 일만을 상상한다. 당신을 무정하게 대하는 여자가 있다면, 우선 그 여자의 손을 잡는 것만을 상상할 뿐이다.

쾌락을 다 맛보고 나면 다시 무관심해지는 것은 분명하다. 그러나 이 무관심은 이전의 무관심과는 다르다. 앞으로는 이제까지 맛보았던 쾌락은 다시 맛볼 수 없는 것이다.

쾌락을 맛보는 기관은 피곤을 느끼고, 상상력은 이미 충족된 욕망에 새로운 이미지를 제공하려고 하지 않는다.

그러나 쾌락이 절정에 달했을 때 그것을 빼앗기면 고통이 생겨난다.

88. 육체적 연애는 물론, 육체적 쾌락에 대한 태도도 남녀는 절대로 똑같지가 않다. 남자와 달리 여자는 사랑을 매우 귀중하게 생각한다.

15세에 연애소설을 읽은 뒤로, 여자는 자기도 모르게 정열적 연애를 기대한다. 그리고 위대한 정열을 바치는 남자가 있는가 없는가에 따라 자신의 가치를 평가한다. 그리고 이 기대는 20세가 되어 철없는 소녀 시절에서 벗어나면서 배가된다.

그런데 남자는 30세가 채 되기도 전에 벌써 사랑은 있을 수 없다든가, 우습기 짝이 없는 것이라고 생각해 버리는 것이다.

89. 우리들은 여섯 살만 되면, 부모가 걸어온 길과 똑같은 길을 걸어야 행복하다고 믿는다. 넬라 백작부인의 어머니는 자존심 때문에 불행해졌다. 그리고 지금 그녀는 자기 어머니와 똑같은 광적인 자존심 때문에 벗어날 수 없는 불행 속으로 걸어 들어가고 있다.

90. 연애는 스스로 주조한 화폐로써 지불되는 유일한 정열이다.

91. 세 살 난 여자아이에게 어른들이 예쁘다고 추켜세우는 것이야말로 가장 해로운 허영심을 가르치는 교육이다. 아름답다는 것은 최고의 미덕이자, 이 세상을 살아가는 데 최대의 이점이며, 아름다운 옷을 입는 것이 곧 아름다워지는 것이라고 생각하게 만든다.

그러나 이런 어리석은 칭찬은 중산 계급에서나 통용될 뿐이다. 다행히도 상류 계급에서는 겉모습에만 치중하는 것을 비천한 것으로 여긴다.

92. 1822년의 여론. 30세의 남자가 15세의 여자를 유혹하면, 비난을 당하는 것은 여자 쪽이다.

93. 엘로이즈도 사랑을 이야기하고, 거만하고 잘난 체하는 남자도 자기의 사랑을 이야기한다. 그러나 이 둘 사이의 공통점이라고는 '사랑'이라는 단어밖에는 없는 것 같지 않은가.

이 둘은 음악회를 사랑하는 것과 음악을 사랑하는 것만큼 다르다. 화려한 사교계에서 하프를 연주함으로써 얻는 허영심의 만족을 사랑하는 것과, 애정이 깊고 고독한 까닭에 소심하게 몽상을 사랑하는 것만큼이나 다른 것이다.

94. 사랑하는 여자를 만난 뒤로는, 어떤 여자를 보아도 눈에 들어오지 않으며, 심지어 눈에 고통이 느껴지기도 한다. 나는 그 이유를 알고 있다.

95. 인간 본연의 자연스러움과 친밀함은 정열적 연애에서만 볼 수 있다. 다른 종류의 연애에서는 자기보다 소중하게 대접받고 있는 연적이 있을지도 모른다고 느끼기 때문이다.

96. 인생이 싫어져서 독약을 마시는 인간에게는 정신적인 것

은 이미 죽어 있다. 자기가 해 온 일, 앞으로 경험하지 않으면 안
될 일에 두려움을 느낀 나머지, 이제는 아무 일에도 관심을 가질
수 없게 된 것이다. 드문 예외도 있긴 하지만.

97. 해군대령에게 이 『연애론』을 보여 드렸더니, 연애처럼 쓸
데없는 일에 몇 백 페이지나 할애하며 무슨 중대한 일이라도 되
는 것처럼 떠드는 것만큼 우스운 일은 없다고 말했다. 그러나 이
쓸데없는 일이야말로 강한 영혼을 감동시킬 수 있는 유일한 무
기인 것이다.

98. 다음은 내가 받은 프랑스어 편지의 일부분이다. 이런 편지
를 쓸 정도로 지적인 여자를 이해할 수 있는 남자는 별로 없을
것이라고 생각하면서 여기에 옮겨 본다.

"무감각하고 소심하며, 금전욕이나 훌륭한 말 몇 필을 가졌다
는 자부심, 육체적 욕망 같은 비천한 이익에만 정열을 느끼는 사
람과만 연애했던 여자라면 사랑에 열정적인 사람이 하는 행동이
무례하게 느껴집니다.

그런 사람은 무한한 상상력으로 사랑만을 소중히 생각하며 다
른 것에는 관심이 없는 사람이지요. 통속적인 남자라면 스스로
하지 않고 주위의 상황에 맡기고 말 것을, 늘 성급하게 나서서
무엇인가를 하지 않고서는 견딜 수 없는 그런 사람이지요.

이런 사람의 행동은 소위 여자들의 자존심에 상처를 입힐지도

모릅니다. 이런 사람과 함께 있으면 당황하고 놀랄 수도 있습니다. 그 감정은 전에 만나던 남자에게서는 느끼지 못했던 감정이기 때문입니다.

그리하여 연애의 여러 국면을 겪어 봐야만 가질 수 있는 마음의 여유가 없고 거만하기까지 한 여자라면, 이러한 감정을 무례함과 혼동하게 되는 것입니다."

99. 블레유의 조프로아 뤼델은 영주이자 대귀족이었다. 그는 안티오키아에서 온 사람에게서 트리폴리의 한 미망인 백작부인에 대해 들었다. 그녀는 재산도 많고 매혹적인 여자라는 것이었다.

이 말을 들은 그는 그녀를 한 번 보지도 않고 사랑에 빠져 그녀를 위해 아름다운 노래를 만들었다. 그는 마침내 그녀를 만나기 위해 십자군에 참가하여 그녀가 있는 곳을 향하는 배에 올랐다.

그런데 배 안에서 중병에 걸려 거의 죽기 직전에 이르렀다. 그의 동료들은 그를 트리폴리까지 데리고 가서, 시체나 다름없는 그를 어느 여관에 맡겨 놓았다.

사람들은 이 소식을 그녀에게 알렸고, 그녀는 찾아와 그를 안아 주었다. 그러자 그가 깨어나 그녀의 모습을 보고 목소리를 들었다. 그는 신에게 그녀를 볼 수 있을 때까지 생명을 연장해 준 것에 감사했다.

이렇게 해서 그는 그녀의 품에 안겨 죽었고, 그녀는 그의 유해를 트리폴리의 성당에 안장했다. 그리고 그의 죽음을 깊이 슬퍼

하며 그날부터 수녀가 되었다.


100. 허친슨 부인의 『회상록』 속에도 내가 결정작용이라고 부르는 특이한 광기의 증거가 있다.

"그는 허친슨에게 어떤 신사에 대한 실화를 들려주었다. 그 신사는 잠시 체류할 예정으로 리치먼드에 왔는데, 만나는 사람마다 모두 전에 그 마을에 살았던 한 귀부인의 죽음을 애도하고 있었다. 너무들 애통해하므로 어떤 여자냐고 물었다.

이야기를 다 듣고 나자 그 역시 그녀에게 반해 버려, 그녀의 이야기 외에는 아무것도 듣고 싶지 않게 되었다. 그리고 그녀의 발자취가 남아 있는 산에 올라가, 하루 종일 그곳에 누워 그녀의 발자국에 입을 맞추며 한탄 속에서 하루를 보냈다. 마침내 수개월 후, 죽음이 그의 고통을 끝나게 해 주었다. 이 이야기는 실화이다."

| 마음의 향기로 배어나는 해누리의 신간 |

## 군주론

마키아벨리 지음
이동진 편역
256쪽 · 8,500원

● 한국사회의 현실과 정치 외교, 전략과 처세술, 개인과
  국가 경영에 초점을 맞추어 평역한 에센스 군주론.

## 통치자의 지혜

프란체스코 귀치아르디니 지음
이동진 옮김
304쪽 · 8,000원

● 난세를 살아가는 데 필요한 지혜의 처세술과 정치 지도자론.
  마키아벨리의 군주론과 함께 정치 외교학의 중요한 고전이다.

## 동서양의 고사성어

이동진 편저
984쪽 · 17,000원

● 동양의 지혜를 영어 속담과 함께 읽는다.
● 총 5,969개의 생활 한자 숙어 총정리

## 니체 인생론 에세이 어떻게 살 것인가

이동진 옮김
280쪽 · 9,500원

● '어떻게 살 것인가' 하는 니체의 철학적 고민을 통해
  삶의 방식을 인도해 주는 내용으로 구성된 책이다.

## 아무도 모르는 예수

이동진 옮김
448쪽 · 10,000원

● 자살을 결심했던 톨스토이가 죽음을 극복하고 발견한 진실
  인간의 영혼이 도달할 수 있는 가장 순수하고 완벽한 가르침

## 제2의 성서 (구약 /신약)

이동진 편역
구약 858쪽, 신약 765쪽
각 15,000원

● 2천년 동안 베일에 가려져 있던 신비의 비경전 고대문헌.
● 성서가 신앙의 교과서라면 〈제2의 성서〉는 우수한 참고서.

## 단숨에 읽는 삼국지

나관중 지음
이동진 평역
736쪽 · 13,000원

● 한 권으로 읽는 삼국지의 결정판

## 장자의 지혜

장자 지음
유홍종 평역
360쪽 · 10,000원

● 나비 · 봉황새 · 원숭이 · 제비 · 호랑이 · 말 · 거북이
  달팽이 · 까마귀를 통해서 보여준 놀라운 직관과 비유

## 역사를 바꾼 지도자

스펜서 비슬리 지음
360쪽 · 9,000원

● 18명의 역사학자들이 쓴 위대한 지도자 22명의 생애